ただ制服を着てるだけ

vol.2

神田暁一郎

illust.40原

「私、あなたの『彼女』ですよ？
ちゃんと『彼女』らしく、
優しくエスコートしてよね？」

源氏名はたしか――
『れな』。
「バレなきゃいいじゃん。
一回ぐらいだいじょぶっしょ」

「ご、ごごごめんなさいっ！」
「い、いや……」
すぐにお互い離れるが、
なんとも言い難い微妙な空気が
車内に流れる。

幸せそうに眠りこける、
隙だらけの寝顔が。

……どうしても悶々とした気持ちを
募らせてしまうのは、きっとモンキーショルダーを
飲み過ぎたせいだと、くだらないジョークを
言い訳にしておく。

CONTENTS

+++

ただ制服を着てるだけ 2

神田暁一郎

GA文庫

カバー・口絵　本文イラスト
40原

プロローグ

prologue

曇り空から降りしきる糸のような雨粒（あまつぶ）が、味も素っ気もないビニール傘の表面を間断なく叩（たた）いている。

ポツポツ、ポツポツポツと、初め焚（た）き火（び）が爆（は）ぜるようだった雨音は、次第に勢いを強めていって、やがてざあざあ、ざあざあと、ホワイトノイズに似た音へと変わっていった。

飛び跳（は）ねる水滴に、お気に入りのスニーカーはびしょびしょ。湿気に髪の毛がうねって、せっかく作った前髪も台無し。

六月も半ばに入って、すっかり梅雨入（つゆい）りした空模様は、腹が立つくらいに気まぐれだ。

まったく、これだからこの時期は嫌になる。

憂鬱（ゆううつ）な気分は、だけど、最低というわけでもない。

なぜなら、雨に濡（ぬ）れた繁華街には、どこか心の琴線（きんせん）に触れてくる不思議な趣（おもむき）があるから。

雑踏（ざっとう）を歩きながら、私は夜の街をそぞろに眺める。

そこかしこで街を飾る、チープな看板のイルミネーション。赤、青、黄色、白と、色とりどりに輝くネオンは、濡れた路面に映り込んで、五月闇（さつきやみ）の中に幻想的な風景を浮かび上がらせている。

品はないけど、味わい深い。そういう種類の夜景だ。


――なんて、情緒的に語ってみたけれど。


結局のところは、ただ単に自分の機嫌が良いっていうだけの話だったり。

弾む気持ちに自然と早足になりながら、私は待ち合わせの場所へと急いだ。

仕事先のリフレ店から、最寄りの場所にあるコンビニ。繁華街のお店らしく、店先にはガラの悪そうな連中がたむろしている。

じろじろと向けられる不躾な視線に構わず店の中へ入ると――待ち人の姿は、本売り場の前に見つけられた。

ブラウンのワークジャケットと、良い感じに色落ちしたジーンズの取り合わせは、無骨でタフな印象。インナーに無地のカットソーと、靴にレザースニーカーを選ぶことで、程良くキレイめにまとめている。

押さえるべき部分は押さえた、男らしくも清潔感のあるコーディネイト。――まぁまぁ、悪くないんじゃないでしょうか？

自然とアガる気分に頬を緩ませながら、私は待ち人の近くに寄っていく。

向こうは気付いていないみたいだ。――よし、ちょっとイタズラしてやろう。

「立ち読みやめてもらえますか～？」

店員を装って注意してみると、相手は思い通りのリアクションをしてくれた。

「す、すみません……」

雑誌を慌てて棚に戻し、首を振り向かせたところで――ネタバレ。

「……おい」

「へへ♪」

「お前な――」

文句を言われるかと思ったけど、周囲の目を気にしてか、特におとがめはなかった。

「――いくぞ」

逃げるように店を出て行く背中を追って、私も自動ドアを抜けて外に出る。なにも買っていないのに店員さんから「ありがとうございました～」と言われて、ちょっと申し訳ない気分。

そうして再び傘を差そうとしたところ――目の前で先んじて開かれたメンズ用のそれを見て、私は反射的に、手ではなく足を動かしていた。

「……自分のあるだろ」

「い～じゃん♪」

一本の傘を二人でシェアする、いわゆるひとつの相合い傘。

乗り気な私にひきかえ、相手の方は見るからに迷惑そうな様子だ。頭ひとつ分高い位置にある顔が、いかにも不機嫌そうに歪められる。

「狭いんだよ……」

「なに～？　恥ずかしいの？」

「………」

左から右へ、すっと持ち替えられる傘の握り手。

左手側に立っていた私が、それによってどんな状態に陥るかなんて、わざわざ説明するまでもない。

「うわ～！」

すぐさま逆側に避難。そして、二度はやらせないぞと、腕をギュッと絡ませる。

「もう！　イジワルしないで！」

苦情の言葉は、けどその内容とは裏腹に、自然と弾んだ声で発せられてしまった。

「私、あなたの『彼女』ですよ？」

――そう。

今の私は、この人の『彼女』で。

「ちゃんと『彼氏』らしく、優しくエスコートしてよね？」

この人は、私の『彼氏』なんだ。

「……わかってるよ」

「ならよろしい♪」

相手が振り払う素振りを見せないのをいいことに、私はより深く腕を絡ませた。

雨脚は依然として強いままだけど、なぜだろう、不思議とゆっくりに感じられる体感時間が、錯覚だとしても雨上がりを予感させる。

そうして私たちは、〇・八倍速で降り注ぐ雨を一本の傘で弾きながら、夜の街中へと溶けこんでいく。

どこにでもいる、ありふれた、一組のカップルとして。

一章　露見と言い訳

episode 01

梅雨入り（つゆいり）を間近に控えた六月初旬、行きつけの居酒屋にて。

「なに飲んでるんですか？」

合コンの席で話の導入に使うような質問を投げてきたのは、少し鼻にかかったアニメ声だった。

「ジンジャーエール」

正直に答えてやると、テーブルを挟んだ真向かいから、五指を広げた両手がにゅっと伸びてくる。

そして、あざとさ全開で一言。

「一口ちょーだい♪」

「……自分で頼めばいいだろ」

「一口だけ飲みたいの～」

「はいはい……」

我が儘（わがまま）な要求に辟易（へきえき）しながらも、俺（おれ）は諾々（だくだく）とグラスを差し出す。

「――珍しいね、広巳さんがこういうの飲むなんて」

「たまにはな」

外飲みだからこそ生まれる冒険心みたいなものだ。まぁ結局、一杯飲んで満足したらすぐにビールかハイボールに戻るのだが。

「ありがと～」

礼と一緒に返ってきたグラスを受け取り、そのまま口をつけようとしたところで――俺ははたと硬直してしまった。

グラスの縁に、うっすらとだがリップの跡が残っている。

別に飲み口はそこだけじゃないので、ずらして飲めばいいだけの話だが……なんとなく、気になってしまう。

「…………」

失礼かな、と思いつつも、いまさら気遣うような間柄でもないな、と思い直し、俺はおしぼりを使ってその部分を拭った。しかし、

「なんで拭くんですかぁ」

咎めるようなジト目を頂戴してしまった。

糾弾される謂れなどないはずだが、向けられるプレッシャーに居心地悪さを感じてしまい、自然と口調は言い訳がましくなってしまう。

「なんでってそりゃ、跡ついてたから……」

「だからってわざわざ拭くことないでしょー」

「いやいや、普通にばっちいし……」

「はあ⁉」

迂闊な発言は、どうやら地雷を踏み抜いてしまったようだ。

「女子のリップをばっちいとか！　最低～！」

確かに言い方が悪かったかもしれない。俺は素直に頭を下げることにした。

「悪かったって……」

殊勝な態度が、逆につけ込む隙を与えてしまう。

「あ、もしかして意識しちゃいました？　間接キスになっちゃうよぉ～って？　かわいい～♪」

憶測によるイジりは的外れもいいところだった。ハンッと、鼻で笑ってあしらっておく。

「むぅ～……」

塩対応に唇を尖らすふくれっ面を、俺はグラスを傾けながらこっそり観察する。

愛嬌はあっても野暮ったくはない、鼻筋の通った団子鼻。

ぷっくりとした桜色の唇に、いかにも人懐っこいくりくりの瞳。

それらがバランスよく配された顔の造形は、不機嫌に歪んでいてもなお見栄えが良い。

スッピンだと年相応に幼く見えるものの、粉黛を施された今はその面影もなく垢抜けて、麗しい美貌を十二分に発揮している。

率直に言って、美人だった。こうして外行きの格好を目の当たりにすると、改めてその事実に気付かされ、かつて俺が入れ込んでいたのも、もしかしたら単純にこの容姿に惹かれただけなのでは、なんて考えも過ってしまう。

JKリフレ嬢『あゆみ』と、その常連客の男——それが、一ヶ月前までの俺たちを言い表す関係だった。

しかし時を経た今、俺たちの間柄は訳あって、十九歳の少女・藤村明莉と、しがないコンビニ店長・堂本広巳という、店も金銭も介さない私的なものへと移り変わっていた。

それも同居中という。第三者が聞いたら当然、交際を疑って然るべきだが、俺と明莉の間に、そういった男女のあれこれは一切ない。

あくまで同じ家に暮らしている他人同士。それが現状での、俺と明莉の関係だった。

奇妙だと、自分でも思う。しかし世の中には、血縁関係も肉体関係もない他人のオッサンと一緒に暮らしている元アイドルの女性もいるぐらいだし、あながちこういう関係も、物珍しいだけで特別とは呼べない代物なのかもしれない。

一つ問題があるとすれば、第三者からはどうしても誤解を招いてしまうところだろうか。

果たしていかなる言葉を尽くせば、この奇妙な関係を正しく説明することができるのか——

「食べます？」

　だしぬけに言うと、明莉は今まさに自分が手をつけようとしていたトマトスライスの皿を、こちらにずいっと突き出してきた。どうやらそぞろに向けていた視線を、興味の発露として解釈されてしまったらしい。

「いや、いい。トマト苦手」

　反射的に発した断りの言葉は、しかし一言余計だった。

「え〜〜？　そうなのぉ〜〜？」

　いかにも愉快そうに吊り上がる口角と、挑発的に注がれる上目遣いの目線。やけに間延びした語尾には、いたぶることをもったいつけるような気配がある。

「大人なのに好き嫌いするんだぁ？　ふぅん？」

「……好き嫌いに大人も子供も関係ないだろ」

「いやいや〜。やっぱり大人たるもの、苦手な食べ物でもちゃ〜んと食べて、子供たちの良きオテホンになるべきだと思いますよぉ〜？」

　もったいぶった調子で言いながら、明莉はトマトを一切れ、箸でつまみ上げた。それがどこに向かうのか、俺は直感する。

「落ち着け、箸を下ろせ」

　アクション映画の主人公が錯乱する犯人に向けて「銃を下ろせ」と訴えるときと同等のシリアスさで言うも、明莉の右手は下がらなかった。

「トマトはリコピンたっぷりで健康にいいんですよ。薬だと思って、ほら」

「いいっ、リコピンならノコギリヤシのサプリで十分取ってるっ」

中年男性の健康サポートに良いと聞きつけ、継続することおよそ一年。効果が出ているかどうかは——正直不明だ。

「ノコギリ？　なにそれ、胡散臭い。サプリなんかじゃなくて、ちゃんと食べ物から取らないとダメですよ」

明莉の手口は強硬だった。正論を盾にして、人の嫌がることを粛々と実行してくる。

「食べさせてあげる！　あ〜ん」

「や、やめろぉ……」

「あ〜ん♪」

「ぬあぁ……」

どれだけ嫌いな食べ物でも、そして明らかな嫌がらせ行為だとしても、女の子に「あ〜ん」されたら抗えないのが男の性というものだ。

恐る恐る口を開くと、待ち構えていたトマトが食い気味にエントリーしてきた。

「ほ〜らぁ、嚙まないと」

「…………」

心の中で、南無三っ！　と唱えて、俺は果肉に歯を突き立てた。

　味自体は、そこまで苦手じゃない。ただこの、固形物なのか液体なのか判別つかない中途半端な食感が、どうにも――

「あっはっは！　眉間にしわ寄りすぎ！　指名手配犯みたいな人相になってるし！」

　なんとかトマトを嚥下した俺は、かねてより抱いていた気持ちごと不満をぶちまけた。

「だいたいなぁ、居酒屋のメニューにトマトスライスがあること自体おかしいんだよ」

「なんで？　定番じゃないですか」

「だからだよ！」と、俺は声高に主張する。

「トマトスライスって！　トマト切って皿に並べただけじゃねえか！　そんなもん料理と呼んでいいのか？　いいわけねえだろ⁉　なのに！　カットされただけの野菜如きが！　メニューにデカい面して載ってやがるそのふてぶてしさ！　断じて許せないね！」

「……トマトスライスにここまでキレ散らかす人、初めて見た……」

　呆れたように息を吐くと、明莉は「ていうか」と前置きし、俺の手元にある皿を指差して言った。

「その理屈で言ったら、それだってアウトですよね」

「は？　これ、もろキュウだからセーフだし。もろみ味噌を添えるという一手間かかってるから料理として成立してるし」

「それならトマトスライスにだって塩振ってあるじゃん！」

「塩じゃダメですぅ、家庭で簡単に再現できるやつはアウトですぅ」

「簡単がダメだって言うなら、もうおつまみに塩ナムル作ってあげないよ！」

「俺が間違っていたすまん」

明莉の作るキュウリともやしの塩ナムルは絶品だ。それを人質に取られたら、年来の持論も即撤回する所存である。

「じゃあ謝罪としてもう一口――」

図に乗った明莉が次なるトマトに箸を伸ばそうとした、丁度（ちょうど）そのとき。トイレから帰ってきたもう一人の参加者が、ベストなタイミングで茶々を入れてきた。

「あ～、イチャついてる～」

舌足らずな口調でそう言うのは、ド派手なロゴが刻印されたベロア生地（きじ）のパーカーに身を包んだ、ちんちくりんの白ギャル。

毛虫みたいな付け睫毛（まつげ）に縁取られた瞳から注がれる好奇の視線に、俺は毅然（きぜん）と反論を返す。

「イチャついてない、イジめられているんだ」

正当な訴えを口にするも、明莉にとっては友人であり、俺にとっては店の従業員である白ギャル――篠田舞香（しのだまいか）は、聞く耳を持とうとしなかった。

「やっぱり付き合ってるじゃないですか～」

「だから違うって、何度も説明してるだろ……」

「ウソだぁ。一緒に暮らしてて付き合ってないとか、やっぱりありえないですよ〜」

秘密裏に結ばれていた俺と明莉の関係だったが、思わぬところから露見してしまった。

数日前、明莉におつかいのため近くのコンビニ――もちろん自分の店だ――に行ってもらったのだが、そのとき俺は、迂闊にも自分の財布をまるごと託してしまい、そして折悪しくも、そのときシフトに入っていたのが他ならぬこの篠田だったのだ。

篠田ともオープン以来、もうかれこれ三年以上の付き合いになる。他人に依存気味な傾向にあるこいつだ、当然、憧れの人（本人談）である俺の財布ぐらいは把握しているので、それが友人の手の中にあれば、疑いを抱くのは必定。

支払いに名前が刻印されたクレカをうっかり使ってしまったこともあり、無念、俺と明莉の関係は知られてしまったわけだ。

本日の飲みは、それに端を発した、釈明の場としての酒席だったわけだが――

「え〜、でもなんか、複雑〜」

笑っているのか困っているのか、判別つかない曖昧な表情で篠田が呟く。隣り合って座る明莉がその意味を尋ねた。

「なんで？」

「だって〜、あたしがアピールしても全然応えてくれなかったのに、明莉とは簡単にくっついちゃうんだもん〜。そんなの悔しいじゃん〜」

相変わらず彼氏持ちのくせに嫉妬する篠田。明莉も呆れた表情を作って、そのあたりを注意するかと思いきや――出てきた言葉は、純度一〇〇%の煽りだった。

「ま、私の方が可愛いしね。しょうがないじゃん？」

「なんそれムカつく～！」

腹いせに肩をぺしぺし叩く篠田だったが、

「モテたきゃこの肉どうにかしな！」

明莉が反撃として放った下腹鷲摑み攻撃に、即撃退されてしまう。

「あんたまた太ったでしょ！　たっぷたぷじゃん！」

「いや～！　やめて～！」

仲良しなのは大いに結構だが、公衆の面前でバカ騒ぎするのは勘弁してほしい。それと、

「マウント取る前に否定しろよ……」

そうじゃなきゃ、暗に関係を認めてるようなものじゃないか。

不平を呟く俺に、魔手から解放された篠田が怪訝な視線を向けてきた。

「……え？　マジに付き合ってないんですか？」

「ない」

「……マジ？」

二度目のマジは、隣の友人に対して向けられたものだった。

「ま、そだね。そういうんじゃないよ」

「うっそ～！　なんで～？　意味不明～、キモ～い！」

意味不明は許すがキモいはないだろう……。

「確かに、広巳さんはキモいとこある」

「おい！」

なぜ共犯関係にあるお前まで敵に回る！

そして冗談の類いでも女の子にキモいって言われると男は結構傷つく！　やめてくれ！

「とにかくだ。バレちまったもんはしょうがないとしても、いいか篠田。このことは他言無用で頼むぞ」

「タゴンムヨー？」

「……他の人に言いふらしたりするなよってこと」

「あ、はぁい」

……本当に大丈夫だろうかこいつは。簡単な四文字熟語さえ通じないアホの子だけに、心配もひとしおだった。

「広巳さん、だったら口止め料払わないとだね？」

悪戯っぽい顔で言う明莉に、俺は辟易しながら反論する。

「だからなんでお前は第三者視点なんだよ……」

「だって別に、私はバレたって構わないし？」

「俺が構うんだよ……こっちの立場も考えてくれ」

特別悪いことをしているわけじゃないが、それでもこの事実が露見した場合、俺の社会人としての立場には確実に不信感というヒビが入ってしまうだろう。

これまで女性関係で潔白を貫いてきただけに、そしてどちらかと言えば女性が多い職場だけに、些細なことでも信頼の揺らぎに繋がりかねないのだ。

「じゃあどうする？　追い出す？」

薄笑いの表情と一緒に明莉が言う。ジョークの類いだとわかっているので、まともに取り合うつもりはない。

「あぁもう、わかったわかった」メニュー表を差し出して、俺は提案する。「口止め料代わりだ、二人で好きなもん頼みなさい」

どのみち自分の払いになるのは決まり切っているので、これで済ませられるなら安いものだ。

「え、どうしよ〜。なに注文すればいいかなぁ？　やだ、プレッシャ〜！」

居酒屋で注文を任されただけでも狼狽える篠田のメンタルはやはり紙。

「肉食べよ、肉。——あ、これいいじゃん。この、イチボ肉のステーキってやつ。これだけやたら高いし、絶対美味しいやつでしょ」

こっちはこっちで面の皮が分厚い。

肩を寄せ合ってメニューを吟味する女子二人の姦しさに、ついつい溜め息が漏れるが……

こういう時間を、愉快に思わないわけでもない。

「ほら、もう押すぞ」

飲み物のお代わりが欲しかった俺は、飲み干したグラスをテーブル端に置いてから、返事を待つことなく呼び出しボタンを押し込んだ。すぐに店員さんがやってくる。

「生ひとつと……そっちは？」

「え～、え～、どうしよ～、え～」

「もうっ、私が決めるってば。メニュー貸して！」

優柔不断な篠田の手からメニューを奪い取ると、明莉がすぱすぱと注文を済ましていく。

イチボでもなんでも、好きに頼んでもらって大いに結構だったが――

「あと、トマトスライス三人前！」

その注文だけには、「ちょっと待て！」と口を挟まずにはいられなかった。

同棲していた元彼と喧嘩別れし、勤め先の常連客だった広巳さんの下に転がり込んでから、早一ヶ月。

紆余曲折あり、一度は破綻しかけた関係だったけど、今はそれなりにうまくやれている……と思う。

傍から見てる分には広巳さんも、この生活を楽しんでいる……とまではいかないまでも、迷惑がっている様子はないし、私にしても、寝床どころか自分の部屋まで与えてもらっている現状に、今のところ不満は──全くのゼロとは言い切れないものの──ない。

そう、決して不満はない。けど一方で、どうしても解決できない問題が発生していた。

その問題とは──有り体に言って、収入の低下だった。

一緒に暮らすようになってから、広巳さんはリフレ遊びをしなくなった。家に帰ればお目当ての相手と会えるんだから当然だ。

それはつまり、私からすると、これまで週一のペースで指名を入れてくれていた太客を失ったことを意味する。

広巳さんが一ヶ月にリフレで使っていた金額は、だいたい五万円。私が籍を置くJKリフレ店『私立サクラダ女学院』──通称『サク女』での実入りの分配率は、経営側とキャストで折半の取り決めになっているため、概算で月二万五千円の収入が減った計算になる。

広巳さんの他にも常連のお客さんはいるし、中にはもっと払いの良い人もいるけれど、計算できる二万五千円の消失は大いに痛手だ。お茶を挽けば稼ぎにならないこの仕事で、安定して遊びに来てくれるお客ほど大切な存在はなかった。

現状、特に経済的に困窮しているわけではないものの、手取りが減ってしまったことにどうしても不安は拭えない。できたら広巳さんに代わる、新たな大常連を立てたいところだったけど……そうそう都合良く事は運ばないものらしい。


「――ここに来るの、今日で最後にしようと思うんだ」


次世代の大常連候補が発した突然の一言に、私は思わず素に戻って聞き返してしまった。

「ええ？　なんで？」

所はＶＩＰルーム『保健室』。授業をこっそり抜け出して逢い引きする学生カップル気分を味わう、というコンセプトに添って作られた部屋の内装は、その名の通り学校の保健室そのものだ。

いったいどこから見つけてきたのか、いかにも昭和レトロなデザインの体重計に、同じく業務用感がむんむんと漂う身長計。真っ白なシーツが敷かれたベッドには、もちろんプライバシー保護のための間仕切りカーテンが設置され、壁面にはご丁寧にも視力検査シートまで貼られている。

「ごめんね、急に……」

一ヶ月前にフリーでついてから、たびたび指名を入れてくれていた次世代の大常連候補(エース)――山田(やまだ)さんが謝罪を口にする。

それをキャスター付きスツールに座って聞きながら、私は詳しい事情の説明を求めて水を向けた。

「どうしたの？　飽きちゃった？」

「あ、違うんだ。そうじゃなくて――」

心なしか頰(ほお)を赤らめながら、山田さんは事情を打ち明ける。

「こうしてあゆみちゃんと話していたら、免疫がついてきたのかな、最近プライベートでも女の子と自然に喋(しゃべ)れるようになってきて」

「ふんふん」

「それでこの前、会社の飲み会があったんだけど、そこで後輩の女の子と喋る機会があって……結構盛り上がったんだ」

「おお～」

「連絡先も交換して、何度かやり取りしてたら、本や映画の趣味がすごく合って、……そ、それで今度、休日に二人で出掛けようって話に……なったんだよね」

「おお～！」

女性とのコミュニケーションに不慣れだった男性が、リフレ遊びを通して経験を積み、実生活で異性への苦手意識を克服する――この手のサクセスストーリーは、リフレ業界のみならず、風俗界隈（かいわい）では割とよく聞く話だ。

「リフレで遊ぶのは――あゆみちゃんと会うのは、全然楽しいんだけど。……元々、女の人に慣れるために始めたことだし、卒業するにはいいタイミングかなって」

「そっかぁ……」

祝福する気は大いにある一方、本音を言わせてもらえれば、大きな獲物を逃したという気持ちはどうしても隠せない。

悪あがきだとは承知の上で、私はせめてもの延命処置を試みることにした。

「でも、ゆうてまだ一ヶ月そこそこですよね？　もう少し訓練積んどいた方がいいんじゃないですか？」

「あはは、訓練って」

山田さんがおかしそうに顔を綻（ほころ）ばせる。確かにリフレ遊びを異性間コミュニケーションの訓練として用いるなんて、いささか滑稽（こっけい）かもしれない。

「きっと僕には、踏ん切りが必要だったんだと思うんだ。苦手だからって背を向けるんじゃなくて、勇気を出して一歩を踏み出してみる、良い意味での無謀さって言うのかな？」

熱弁を振るう山田さん。その口ぶりに表れる気炎に、私としては怪しいなにかを感じずにはいられない。

「だから、そのきっかけを与えてくれたリフレには感謝してるんだ。もちろんあゆみちゃんにも。だけど……こういうお店に出入りしながら、女の子と、つ、付き合ったりするのは、やっぱり違うと思うから」

「へ？　まだ遊びに出かける約束しただけなんですよね？」

「そ、そうだけど……でも、その気がない相手と、休日二人で出かけたりしないよね？」

「うーん……まぁ、ね……」

　少なくとも受け入れられているとは思うけど、そこに好意が絡むかどうかは、相手次第なのでなんとも言えない。

「事務の子なんだけど、とっても良い子なんだ。飾らない笑顔が、まさに天真爛漫って感じで」

「ふぅん……」

「小動物系って言うのかな？　人懐っこい性格でさ、ボディタッチとか、無意識でやっちゃうタイプなんだって」

「……それ、本人が言ってたの？」

「うん。それがどうかした？」

「……いや……」

　山田さん、たぶんそいつ、姫だ。

異性からモテることを女としての最大の価値に定めている国のお姫様だ。

「でも、誰彼構わずやるわけじゃないんだって。心の許せる相手だと、ついつい触っちゃうらしくて」

設定の仕上がり具合が常習犯の佇まい……！

気付いて、山田さん！　そこまで己のこと把握できてる時点で無意識とは程遠いよ！　ていうか、女が繰り出すボディタッチには九割九分の確率でなんらかの意図が込められてるものだよ！

「……あのね、山田さん。その後輩女子は、きっと山田さんのこと――」

貴重な指名客を繋ぎ止めるべく、私はなんとか説得を試みるが、

「信頼してくれてるのかな⁉　あゆみちゃんもやっぱりそう思う⁉　でへへ……まいったなぁ……」

食い気味に曲解されてしまい、無駄な努力だったと悟る。

「……うん、そだね……」

できることならこのチョロさを、太客という立場で発揮してくれていたら。

そう考えると悔しさもひとしおだったけど――ともあれ今は、山田さんの先行きに心配が募るばかりだった。

結局、ろくにオプションも付けずに惚気るだけ惚気てから、山田さんはご満悦の様子で帰っていってしまった。

最後くらい盛大に財布の紐を緩めてほしかったと思わなくはないけど、わざわざ別れの挨拶をしに来てくれただけでも感謝しなきゃいけない。

どれだけ親交を深めようと、所詮は店と金銭を間に挟んだ希薄な関係、切れるときは簡単に切れるものだ。

しかし……これでまた一人、常連客が消えてしまったことになる。

まだ余裕はあるとはいえ、こうも立て続けに太客を失えば、気分はどうしたって落ち込んでしまう。まさかリフレ嬢として、自分はもう落ち目なんだろうか――なんて弱気も芽生えてくる。

「……今日はもうちょい粘るか」

スマホの画面で確かめると、時刻は夜の七時に差しかかったあたり。最近じゃ広巳さんの帰宅に合わせて、このぐらいの時間にはもう切り上げていたけど、今夜ぐらいはフリーのお客さん目当てで粘ってみてもいいかもしれない。

そうと決まれば、まずは広巳さんに連絡を入れておかなきゃだ。巡り合わせ次第では、閉店まで仕事が長引いてしまう可能性だってある。

待機所の片隅、人をダメにするビーズクッションに身を預けながら、私はＬＩＮＥのトーク欄に文面を打ち込んでいく。

『今日、ちょっと帰り遅くなるかも』

『晩ご飯、冷蔵庫の中に用意してあるから、もし間に合わなかったら先に食べちゃって』

手すきの時間だったか、既読はすぐについて、返事も速やかだった。

『わかりました』

「ふふっ」

いかにもお堅い文面に自然と頬が緩んでしまう。

普段は柔らかな印象のタメ口を使う広巳さんだけど、なぜかメッセージのやり取りになると、途端に堅苦しい感じになってしまうのだ。

『私の分まで食べちゃダメだよ！』

向こうも暇そうなので絡んでみると、即既読にはなったもののレスポンスはない。スルーされたかな？　と思いきや、返信は数分後、不満を露わにしたキャラクターのスタンプでやってきた。

『スタンプ一つ選ぶのにどんだけ時間かけてるのｗｗｗ』

『普段使わないから操作がおぼつかん』

『ぼっちかよｗ』

『そうだ』

『認めちゃうんだｗ』

『自分を偽るわけにはいかない』

『ぼっちのくせに語彙が戦士ｗｗｗ』

思いの外、メッセージでのやり取りが盛り上がる。

おかげで良い暇つぶしになったけど、その間にお客がつくことはなく、結局収穫なしで終わってしまった。

骨折り損な結果も、メッセのやり取りが楽しかった分だけ、くたびれ儲けとは感じない。

水商売だからしょうがないよね、の一言で済ませられる程度だ。

最後に退勤ツイートをし、私服に着替えてから、私は一日の売り上げを受け取るため、入り口すぐの受付で待機しているマコっちゃんの元へと向かった。

「精算お願いしま～す」

「ほい。――お疲れさん。それじゃこれ、今日の分ね」

「どもで～す」

「一応、金額の確認頼むな」

「は～い」

受付のカウンターにもたれかかり、受け取った封筒の中身を確かめる。

小銭まできちんと勘定し、金額に間違いないことを確かめたところで――不意に、マコっちゃんが言った。

「最近、堂本さん来ないよな」

「え？」

内心ギクリとしながらも、私はなんでもない風にリアクションしてみせる。

「そうだねー、どうしちゃったんだろ？」

「………」

動揺は隠せているはずなのに、マコっちゃんから向けられる視線は、明らかに疑いのそれだ。

まさか――と抱いた焦り(あせ)は、残念ながら杞憂(きゆう)で終わってくれなかった。

「あゆみ、ぶっちゃけ――直引(じかび)きしてるだろ？」

「！」

もしも私が漫画の登場人物だったら、背景に「ギクッ」というオノマトペを、デカデカとしたフォントで書かれていたに違いない。

「し、してないって！　直引きなんか……っ」

『直引き』とは、キャストが客と店を介さずに会うことを意味する、風俗界隈の業界用語だ。

風俗店を出会いの場とした『パパ活』、と説明したらわかりやすいかもしれない。

キャスト側としては、店にマージンを取られないため、お手当を独り占めできるところが最大のメリットで、客側にとっても、店のルールに縛られず遊べる上に、「自分だけ特別」

という優越感に浸れるという魅力がある。

　一方、店側からすると商売あがったりなので、直引きは禁止しているところがほとんど。サク女の場合も例に漏れなかった。

「あれだけハマってた人が、理由も告げずパタッと来なくなるもんかね？」

「知らないし。破産でもしたんでしょっ」

「本当のこと言ってみ？　怒らないから」

「だから本当にしてないってば！」

　実際、私は直引きをしているわけじゃない。広巳さんとはパパ活ではなく、一緒に生活しているだけなんだ。

　……うん、我ながら言い訳にすらなっていないな、これは。

「そうか。――なら、今すぐ堂本さんに電話して、直接確かめてみてもいいか？」

　備え付け電話の子機を片手に、マコっちゃんが試すよう言ってくる。

「…………」

　それはやめて、なんて本心を伝えるわけにもいかず、私は不承不承頷いた。

「じゃあ――」

　常連だった広巳さんの電話番号は、どうやら電話帳に登録してあるようだ。数回の動作でコールがかかる。

「……もしもし、お世話になっております――」

当たり障りのない会話もほどほどに、マコっちゃんは躊躇なく核心に触れてみせる。

「失礼を承知でお尋ねしますが――プライベートであゆみと会ってたりしてませんか？」

広巳さん、お願い！　うまく口裏合わせて……！

胸中で捧げたお祈りは――無念、電話口の向こうまで届くことはなかった。

「認めたぞ」

受話器を指差しながら、マコっちゃんが鬼の首を取ったように言ってみせる。

「……はぁ」

私は天を仰いで、大きく溜め息を吐いた。

なんで……なんであっさり言っちゃうの……。

いや、こうなるケースは十分想定できたのに、予防策を取らなかった自分にも責任はあるんだけど。

それでも、もう少しアドリブでなんとかしてくれたって――なんて、いくら恨み節を呟いたところで、もう後の祭りか。

「あゆみ。堂本さんとプライベートで、会ってるんだな？」

念を押すように確認してくるマコっちゃん。

私は観念し、項垂れるように首肯した。

「そうか」

「ご、ごめんなさい。でも――」

私と広巳さんの関係は、実際のところ直引きとは別物だ。もちろん言い訳ではあるけど、せめてそこだけは弁明させてほしい。

事情を説明するべく口を開くも、いきなり突き出された受話器に、二の句を制されてしまった。

「な、なに？」

意図を尋ねても、マコっちゃんから返ってくるのは、沈黙と不気味な笑みだけ。

「……？」

恐る恐る受話器を受け取り、耳に当ててみる。

そこから聞こえてきたのは、広巳さんの声――ではなく、音だった。

ピ、ピ、ピ、ピ――

一定のリズムで刻まれる電子音は、やがてピーッと長い音を鳴らすと、落ち着いた女性の声が、現在時刻をお知らせしてくる――

「――あ！」

全て(すべ)を察して声を上げた頃(ころ)には、もう手遅れ。

「さて。詳しい話、聞かせてもらえるかな?」

してやったりな余裕の表情に、私ができた反撃といえば、キッと睨(にら)みつけてやることぐらいだった。

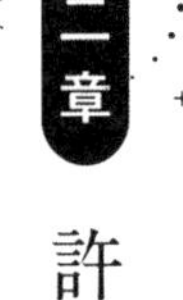

二章　許されざる行い

episode 02

年間およそ四千億円超。

これがなんの数字かご存じだろうか？

コンビニ業界における、年間の万引き被害額の総額である。

四千億円。天文学的数字に、そんなまさかと懐疑的に思われる人も多いに違いない。

実際問題、四千億円分の商品が盗まれているわけじゃない。これはあくまで被害の総額、つまり万引き行為によって生じた損害の合計だ。

商品を販売し、利益（りえき）を得る行程には、仕入れ以外にも様々なコストが発生する。

従業員の人件費を筆頭に、フランチャイズ経営なら売り上げに応じた使用料（ロイヤリティ）、借地の場合は月々の借地料、水道光熱費やその他雑費もろもろ……。

たかが万引きと侮（あなど）ってはいけない。一般にコンビニ業界では、ひとつの商品を盗まれたらそれと同じ商品を五つ売らなければ原価を取り戻すことができない、などと言われている。

それもあくまで原価を取り戻す——つまりマイナスをゼロにするだけで、プラスに転じたわけじゃない。

たった数百円の万引きでも、店側からしたら被害は数千円に膨れ上がる。そう考えれば、年間四千億円という数字も現実味を帯びてくるだろう。

世の中には万引きが原因で潰（つぶ）れる店が——首をくる経営者が存在する。これは大げさな誇張でも、センセーショナルな脅しでもなく、世の中で実際に起こっているまぎれもない現実（リアル）だ。

だからこそ、たとえ小さな被害——数百円のリップクリームひとつの万引きだったとしても、絶対に見逃すわけにはいかない。

陽気な店内ＢＧＭと相反する、張り詰めた空気が立ち込める事務所の中。俺（おれ）は被害品のリップクリームを手の中で転がしながら、対面でパイプ椅子（いす）に座る犯人に問いかけた。

「これだけ？　他（ほか）には？」

すると犯人——中高生と思（おぼ）しき童顔の少女は、無言のまま首を左右に振ってみせる。

残念ながら、それが嘘（うそ）であることはお見通しだった。なにしろこっちは、一部始終を監視カメラのライブ映像で見ていたのだから。

「後々見つかるよりは、今正直に出しておいた方がいいと思うけど」

意識的に低い声で言いながら、少女が膝（ひざ）の上で抱えるトートバッグに目を落とす。

やがて観念したのか、少女はバッグの中からもうひとつの盗品を取り出してみせた。

一万円分のＰＯＳＡカード。ソシャゲに課金でもしたかったのだろうか。

随分とゴツい獲物を狙ったもんだなぁと、苦笑いを浮かべて待つことしばし。やがてコンコンと、事務所の扉が控えめにノックされた。

「失礼しまぁす……」

制服姿の篠田がひょっこりと顔を覗かせる。ピリついた空気を察してか、その表情にはありありと不安の色が浮かんでいた。

「あのぉ、保護者の人、来たみたいですけど……」

「おぉ、入ってもらって」

言付けると、篠田と入れ替わる形で少女の保護者が事務所に入ってくる。

年齢は四十代前半あたりだろうか。強い眼力が印象的な、パンツスーツがよく似合うキャリアウーマン風の女性だ。

見るからに勝ち気そうな風貌に、こちらも少し身構えてしまうが――開口一番、彼女の口から飛び出てきたのは、恐縮しきった謝罪の言葉だった。

「この度はご迷惑をお掛けしてしまいっ、本っ当に申し訳ありませんでした……！」

そうして深々と頭を垂れてみせる。椅子に座っているこちらからでも頭頂部が見えてしまうぐらい深々とだ。

「いえいえ、そんな。頭を上げてください」

とりあえず頭の位置を元に戻してもらってから、俺はまず彼女に尋ねることにした。

「えっと、お母さん……ではないんですよね？」

万引き少女を御用にした後、保護者を呼ぶようにと伝えたのだが、少女は「親は無理。知り合いの人なら」と、この女性に連絡を入れた。

保護者代わりの知り合い。果たしてどういう立場なのだろう？　その答えは、女性がおずおずと差し出してきた名刺が明らかにしてくれた。

「――NPO法人『よるべ』代表、斉藤千秋……さん」

詳しい活動内容までは記載されていないが、この状況からなんとなく察しはつく。

「失礼ですが、どういった活動をされているんですか？」

念のため質問すると、思った通りの答えが返ってきた。

「そうですね……。生きづらさを抱えた子供たちの支援などを、主な活動内容にしています」

「なるほど」

「要はお節介焼きおばさんです」

彼女――斉藤さん一流のジョークに場が和む。

「本当に、ご迷惑をお掛けしてしまって……。あ、商品の方、買い取らせていただきますので」

「いえいえ、大丈夫ですよ。幸い封は切られていないんで。まだ売り物になります」

そう言ってリップクリームのパッケージを掲げてみせるも、斉藤さんの表情は晴れない。

「でも、そちらの方は……」

　斉藤さんが見つめる先にあるのは、もうひとつの被害品であるPOSAカード。バッグに納めるとき無理矢理突っ込んだのか、土台の紙がひん曲がってしまっていた。

「あぁ、問題ないです。こういうのってレジ通すまで有効化されないいんですよ」

　流石にこれを売り場に戻すことはできない。だが、

「というと……？」

「はい。なんで現状、これはただの紙切れです。盗まれようが破損しようが特に問題ないので、お気になさらず」

　答えの証明代わりに、俺はPOSAカードを真っ二つに折ってゴミ箱へ放り込む。こういったカード類を廃棄する場合、本来なら処理文書として本部側に提出しなければいけない決まりなのだが、一枚ぐらいならご愛敬だろう。

「申し訳ありません……」

「いやいや。むしろご足労かけてしまったみたいで」

　互いにペコペコしていると、斉藤さんが決まり悪そうに言った。

「あの、今回の件は、警察に……？」

　警察に届けるのか。つまり、被害届を出すのかと。

「う～ん……本人の態度次第、ですかね？」

俺はそう答えつつ、ひとりだけ沈黙し、顔を隠すように項垂れている少女に視線を向ける。

「まだ、謝罪の言葉を聞いてませんので」

「……反省、してるよね？」

少女の肩に手を添えて、斉藤さんは優しく問いかける。

コクン、と小さく上下する頭に、斉藤さんは続けて言った。

「なら、ちゃんと謝らなきゃだね？」

「…………なさい」

一筋の涙と一緒に、か細い言葉がこぼれ落ちる。

「ごめん、なさい……」

斉藤さんが「どうでしょう？」とでも言うようにアイコンタクトを取ってくる。俺はそれに微苦笑で応えた。

「もうやらないようにな」

ずるずると鼻をすり上げながら少女は首肯する。謝罪の言葉も聞けたことだし、これにて一件落着だ。

「本当に申し訳ありませんでした。それでは――」

少女に付き添って事務所を後にする斉藤さんを見送ってから、俺は小さく溜め息をついた。

大捕物を演じたわけじゃないが、気疲れはどうしたって絶えない。自然、重く感じる体をデスクに預けてしまう。

「お疲れ様です～」『終わった～！」

やがて夜勤の人間と入れ替わりに、夕勤のふたりが仕事を終えて事務所に入ってくる。

その片方――バイトの女子高生ちゃんの方は着替えを済ませた後、速やかに家路についてくれたが、もう片方――篠田に関しては帰る素振りを見せず、さっきまで万引き少女が座っていたパイプ椅子に腰を落とした。

「大変でしたね～」

スマホをいじくりながら喋りかけてくる篠田に、俺もまた、万引き少女の対応に追われてやりかけだった事務仕事をこなしながら応える。

「ま、穏便に済んでなによりだ」

「ですね～。あ～、怖かった」

「そうか？」

万引き犯といえど、相手は女子中高生。なにも怖れる必要はないと思うのだが。

しかし篠田が危惧していたのは、どうやら犯人の出方とは別の部分にあるようだった。

「だって、店長またキレるんじゃないかって」

「キレる？　俺が？」

「前にあったじゃないですか～。万引きした男の子にブチギレたの」

「……あぁ～」

指摘され、思い出が蘇ってくる。

オープンから間もない頃、常習的に万引きを繰り返していた男子高校生をとっ捕まえたことがあるのだが、悪質な手口や反省の色が見えない態度に、俺は完全にキレてしまったのだ。

「ヤバかったですよね～。男の子、泣いちゃってたもん」

「終いにゃ小便もらしてたな」

あれに関しては、少しやり過ぎたと自分でも反省している。あのときは新人店長として苦悩の時期にあり、俺もイライラが溜まっていたのだ。

「そうそう。確か丁度、お前が今座っているあたりで……」

「やだ～！」

嫌悪感も丸出しに篠田が飛び上がる。

いちいち大げさなリアクションを笑い飛ばしながら、俺は事務仕事を終わらせる。そうして自分も席を立ち、家路につくことにした。

「ばっちいな。近寄んなよ」

「ひどいです～！」

後ろにピタリとついてくる篠田が頻りに、「冗談ですよね？　本当に思ってませんよね？」と尋ねてくるけど、こいつはどれだけ精神の装甲が薄いのやら。

しかしそんな篠田でも、時には攻撃に転じることもあるようだ。

「——あれ？」

帰宅ラッシュが終わって客足もまばらな店内。いつも通り晩酌のビールとハイボール用の炭酸水を選んでいたら、不意に篠田が買い物カゴの中身を覗き込んできた。

「お酒だけですか？　晩ご飯はいいんです？」

ニヤついた顔を見るに、全部わかってて言ってるな、こいつ。

「あ、そっか〜。彼女が作ってくれるのか〜」

「……篠田のくせに俺をイジる気か？　生意気な……」

のび太に反抗されるジャイアンの心境を味わいつつ、俺は声を潜めて言った。

「約束しただろ、その話は店の中でするな」

すると篠田は、「はぁい」と応えつつも、唇を意地悪そうに歪め、

「店長、あたし、アイスが食べたいで〜す」

と、言外にゆすってきた。

……調子に乗りやがって……！

「……ガリガリ君でいいか？」

「最低でもラクトアイスじゃないとダメです」

こいつ！　レジ打ち間違えるとすぐ狼狽えるぐらい数字に弱いくせに、乳固形分には拘り

やがる！

「贅沢言いやがって！」

「きゃー！」

ビール缶を首筋に押し当ててやると、篠田は甲高い声を上げながらアイス売り場に走っていった。俺も後を追う。

「なんでもいいからさっさと選びな」

「えへへ、やったぁ」

アイスケースの縁から身を乗り出して、商品を物色する篠田。ついでに俺も隣に並んでアイス選びに参加する。

自宅の冷凍庫には、不良品になったため自腹で買い取ったバニラソフトがまだ大量に残っていたものの、いい加減食い飽きてきた感もある。腐るもんでもなし、たまには別の味に浮気させてもらおう。

「これにしよ～」

そう言って篠田が手にしたのは、スティック型のチーズアイスだった。

「お前はやたらとチーズが好きだな」

よく帰りがけにさけるチーズを買っているのを見かけるし、おそらく好物なんだろう。

なぜか顔の横にパッケージを掲げながら、篠田が言う。

「チーズが嫌いな女子なんていませんよ～」

「ふぅん……」

それならアイツも喜ぶかなと、我ながらお人好しな理由で便乗しようとしたところで――ふとなにかの気配を察し、俺は咄嗟に視線を横に向けた。

「！」

リアクションを取ったのは、相手の方。

レジに立っている、化粧っ気のないメガネの女性従業員――杉浦さんと目が合う。しかし次の瞬間には、ぷいっと視線をそらされてしまった。

「………」

そのぎこちない所作に、俺ははたと感づき、過去にパートリーダーの主婦さんから頂戴した貴重なアドバイスを思い出す。

『女は格付けしあう生き物だから。可愛がるなら全員等しく可愛がらないと、人間関係ぐちゃぐちゃになるよ』

どうしてこんな助言をもらったのかと言うと、実際に過去、特定の女性従業員――まぁ篠田のことだ――に目をかける行為が原因となり、人間関係で一悶着あったからだ。

俺としては親心で接していただけのつもりだったが、第三者から見たらそれは「贔屓」に映り、篠田が俺に懐くのも「媚び」として見られていたらしい。

そのときはパートさんの仲裁もあって、なんとか事なきを得ることができたのだが……ヒートアップした女子たちの間で板挟みにされた記憶を思い出すと、いまだに胃のあたりがキリキリしてくる。

あんな修羅場はもう懲り懲りだと、それ以来できるだけ従業員への接し方には注意を払っていたのだが……危ない危ない、つい気が抜けていた。

お堅そうに見えても、杉浦さんだって歴とした女の子なのだ。内心ではきっと、上司が自分以外の女性従業員を可愛がっていたら面白くないに違いない。

社員になった今は安定しているものの、バイト時代は精神が不安定なところがあった彼女なのだから、そのあたり気を遣ってやらないことには、社員登用を持ちかけた立場として無責任も甚だしいだろう。

篠田の分も含めて全部で五つのチーズアイスをカゴに放り込んでから、俺はレジに向かった。

「お願いします」

「はい」

杉浦さんが速やかな動作でバーコードをスキャンしていく。全て登録し終わり、レジ袋が広げられたところで、俺は準備していた言葉を投げかけた。

「杉浦さんもこれでよかった？」

言いながら、アイスをふたつ、脇によける。杉浦さんともう一人の夜勤の子への差し入れだ。

「いいんですか？」

「もちろん」

「ありがとうございます、有り難くごちそうになります。――？」

笑いを噛み殺していたら、杉浦さんから怪訝な視線を向けられてしまった。俺は正直に打ち明ける。

「いや……たかがアイスひとつにでも、すげー丁寧に礼を言うなぁと」

「っ……」

グラスの向こうにある目が大きく揺れる。目は口ほどに物を言うとは、けだし真理である。

「ご、ごめんなさい……コミュ力なくて……」

「いやいや。ていうか杉浦さんの場合、コミュ力云々より、単に言葉遣いが丁寧すぎるだけだと思うけど」

「そ、そうです、よね……一応、自覚はあるんですけど、なんだか染みついちゃって……」

「酔っ払うと嵐のように荒ぶるのにな？」

「……うぅ……そこに関しては本当にごめんなさい……」

この真面目メガネっ子、酒が回るとたびたび腐りきった本性を晒してくるから侮れない。

会話をしながら滞りなく会計を済まし、レジ袋を受け取ったところで、横っちょでぶすっとしている篠田の様子に気付く。……わかってるよ、等しくだろ。

「ほら、もってけ」

先程と同じ要領でアイスを首筋に当ててやる。

「つめたっ！　……もぉ～！　二回目～！」

「なんでオネエ口調なんだよ」

「にかいめ～！」

突っ込みに乗っかる形で篠田がボケると、杉浦さんが珍しく「ふふっ」と相好を崩した。

そして、常より少しだけ砕けた口調で言いながら、アイス用の小さいレジ袋を篠田に手渡す。

「袋、入れる？」

「あ、入れます～」

良く言えば無垢、悪く言えばチョロい篠田は、もうそれだけでご機嫌だ。

「えへへ、今日の杉浦さん優しい。ありがと～」

「う、うん……」

幼子のような純粋すぎる笑顔を向けられては、さしもの堅物さんも照れを隠せないご様子。

……なんだろう、ふたりの間でなにか、マイナスイオン的な不思議とリラックスするパワーが発生しているような気がしてならない。

表立ってやり合うほどじゃないが、ちょいちょい剣呑な雰囲気を漂わせていた両者だ、これを機に雪解けを迎えてくれるといいのだけど。


チーズアイスを買って帰ったら、晩飯のメニューがチーズグラタンだった。だから今日はチーズ記念日。

「むふぉふぉ！」

小洒落たチェリー色の皿に盛りつけられたグラタンを夢中で頬張る。とろとろのチーズに、歯ごたえの良いマカロニ、そしてシャキシャキのコーンが三位一体となった一品は、控えめに言っても美味すぎるの一言で、思わず変な声がもれてしまった。

「なんですかそのテンション」

そんなグラタンハイとなった俺を呆れた目つきで見つめるのは、テーブルを挟んだ斜向かい、リビングのカーペットに女の子座りしている腕利きのシェフだ。

「むふぉ！　むっふぉふぉ！」

「いや、なに言ってるかわかんないですから」

腕利きのシェフ――明莉(あかり)は、俺とは対照的に食事の手をきちんと止めてから、至極(しごく)冷静に言ってみせた。

「ていうか、食べながら喋らないでくださいよ。行儀悪い」

確かにそのとおりだ。俺は口中のグラタンをしっかり咀嚼(そしゃく)し、ちゃんと飲み込んでから、再び口を開いた。

「いやぁ～、手作りのグラタンとか、何気に初めてでテンション上がっちまったわ」

「そうなんですか？」

意外そうに目を丸くする明莉だが、家庭で食べるグラタン＝冷凍食品というイメージを持っているこちらからしてみれば、そのリアクションこそ意外だった。

「だってグラタンなんて凝(こ)った料理、一般的な家庭じゃそうそう作らないだろ」

「え～、そんなことないでしょ。普通に作りますって」

そうなのだろうか。少なくとも俺の中にある家庭料理のイメージに、グラタンは登場してこないのだが。

「そもそも凝ってなんかいないですよ。こんなの、材料仕込んでオーブンにかけるだけですもん。超簡単です」

「へぇ」

「気に入ったんなら、また作りますね」

実にありがたい話だ。その好意に甘えて、ついでに要望も出させてもらうとしよう。

「今度はあれがいいな。あの、なんだっけ、ネジネジしてない方のマカロニ」

「?」

「あるじゃん。ほら、斜めに切ったちくわみたいな」

「あぁ、ペンネのこと?」

「そう、それ。名前知らんけどたぶんそれだ」

「斜めに切ったちくわって……」

ツボに入ったのか、明莉は顔を背けてくすくすと笑い出す。なんだよ、伝わったんだからいいだろうが。

「——そうだ。広巳さん、これ」

やがて食事もあらかた片付き、テレビを眺めながら食後のアイスを楽しんでいたところ、明莉が唐突になにか差し出してきた。

長形3号の茶封筒。受け取って中身を確かめてみると、一万円札が三枚、そこには納められていた。

「?」

アイスをくわえたまま、視線で説明を促す。

「えっと……、一応、生活費的な」

「生活費？」

そんなもの、こちらから頼んだ覚えはないし、そもそも期待すらしていない。

「なんだよ急に。別にいいって」

自慢じゃないが、俺の稼ぎはそこそこある方だ。生活費なんて入れてもらわなくても、生活は十分やっていけた。

封筒を突き返そうとするが、明莉も決意は固いようで、封筒ごとこちらの手をギュッと握りしめて抵抗してくる。

「ダメ！　ちゃんと受け取って」

真剣そのものな眼差しが、俺に反論の余地を与えない。

「転がり込んできた身分で、こんなこと言うのもおかしいけど……やっぱり今の状況って、ちょっと都合が良すぎると思うんですよね」

常よりもだいぶ大人びた口調で、明莉は思いの丈を述べてみせる。

「広巳さんには広巳さんなりの考えがあることはわかってますよ。でも、施されてばっかりの立場っていうのも、それはそれで……居心地悪いんです」

「…………」

吐露された真情に、俺は改めて、己の自分本位ぶりを自覚する。

そうだ。そこに無自覚だったからこそ、俺と明莉の関係は一度終わりかけたんじゃないか。

過ぎたるはなんとやら。どんな支援や優しさも、度を過ぎてしまえば、本人を蝕む毒へと変わる。

それはきっと、自己肯定感の無自覚な搾取だ。

「あ、違うの！　居心地悪いっていうのは言葉の綾で！　今の生活に不満とか全然ないですよ！　本当に！」

やにわにフォローをし始める明莉。自戒に険しくなる俺の表情を、不機嫌のそれと誤解したのかもしれない。

「ただ、私としては、できれば対等な立場になりたいというか……いやそんなの無理だってわかってるんですけど……うぅ〜！　うまい言い方が見つからない〜！」

普段はSっ気のある言動が目立つだけに、明莉がこうして狼狽える姿を晒すのもなんだか新鮮だ。自然、頬が緩んでしまう。

「いいよ、言いたいことは大体わかる」

「……ほんと？」

「あぁ。——だからこれは、もらっとくわ」

交わしていた視線を手元に落とし、受け取りの意思を示す。

「……そっか。うん、よかった」

明莉は納得の頷きひとつ、固く握りしめていた手を離してみせた。

そして、照れ隠しだろうか、ことさら明るい声でおちゃらかす。

「無駄遣いしないでね！」

「おぉ。……久しぶりにリフレ遊びにでもいってくるかな」

「それは絶対に許さない」

「冗談に決まってるだろ！」

真顔で言うな怖い怖い！

「ありがとな」

「……べしっ」

今度は真面目に礼を言ったのに、返事はなぜか肩パンだった。

「なぜ叩く……」

「べしべし♪」

笑顔のままワンツーパンチを繰り出してくる明莉。どういう感情だ。

「私もアイス食べよ～っと♪」

見るからに上機嫌な様子だが――どうしてもひとつ、気がかりなことがあった。

「けど、大丈夫なのか」

「ん～？　なにが？」

「リフレの仕事、最近あんま調子良くないんだろ」

愚痴として度々聞かされていたのだが、どうやらここ最近、リフレでの稼ぎがいまいちらしい。

懐具合が苦しいのであれば、無理に生活費を捻出する必要もないし、出すにしてももっと、少額で構わないのだが……。

「まぁね～。どっかの常連さんが来なくなっちゃったし？」

「それは俺のせいじゃないだろ……」

俺がリフレ遊びをしなくなったのは、他ならぬ指名相手の明莉がこの家に転がり込んできたからだ。こんな状況になっていなければ、きっと俺はいまだにリフレ通いを続けていたに違いない。

「うそうそ♪　――まぁぶっちゃけ、稼ぎ的には、きちぃ～って感じですよね」

キッチンカウンターにもたれ掛かってアイスをかじりながら、明莉がぼやく。

「そもそもリフレって、店舗型一本じゃそこまで稼げる仕事じゃないんですよね。――やっぱり稼ぐなら派遣ですよ。そっちでやってる子たちの収入とか聞くと、もう全然実入りが違いますから」

補足しておくと、ＪＫリフレには店舗型と派遣型の二種類があって、大雑把に説明すると前者が健全の範疇に収まった「水商売」なのに対し、後者はより過激なサービスを売りにした「風俗」としての顔を持っているものらしい。

「シフト増やそっかな～、って考えてもいるんですけど、こういう仕事ってあんまりガツガツいくと客離れに繋がりかねないし、そこんとこ悩ましいんですよね～」

「なんで？」

「プロ感でちゃうじゃないですか。うわ、あいつ仕事でやってんなって」

それのなにが悪いのだろう。俺は理解に苦しみ、首を傾げることしかできない。

「……広巳さん、それでも元リフレユーザーですか？」

ジト目で責められても、わからないものはわからなかった。

「大多数のお客さんはですね、いかにも仕事でやってま～す、って感じの子じゃなくて、あくまで小遣い稼ぎ感覚でやってるだけの、素人っぽい子と遊びたいものなんですよ」

「金払ってる時点で素人じゃないだろ……」

「そう。でもね、それをわかっていても女の子に期待を抱いちゃうのが、こういう遊びにのめり込むお客さんの心情ってもんなんです」

「ふぅん……」

「だからこの業界、素人感を持ってる子、それを意識的に出せる子ほど人気がでるんです。AVのジャンルにも『素人モノ』ってあるでしょ？　理屈としてはあれと一緒ですよ」

「……ちょっとなに言ってるかわからない」

内心では割と納得していたが、素人モノAV好きと誤解――そう、誤解だ――されたくはないので、ここはすっとぼけておこう。

要は、コンビニ業に例えるなら、マニュアル通りの機械的な接客をする店員と、多少砕けていてもフレンドリーな接客をする店員、どちらにより多くの客がつくかという話か。そりゃ当然、後者に軍配が上がるに決まってる。

「人によっては『口開け』でしか遊びたくないってパターンもあるんですよ。やばくないですか？」

「口開けって？」

「その日の最初のお客さんになることです」

「へぇ……」

またひとつ、知りたくもない業界用語を覚えてしまった。なんだか最近、どんどん自分がいかがわしい方向に成長していっている気がする……。

「はぁ……リフレもそろそろ潮時なのかなぁ……」

さっきまでの上機嫌ぶりが嘘みたいに、物憂げな溜め息を吐いてみせる明莉。

それを気遣って――というわけじゃないが、俺は何気なく解決案を提示してみた。

「昼の仕事に変わればいいんじゃないか？」

「え？」

「いや。無理してリフレの仕事にこだわることもないんじゃゃ、っつう」

話を聞いている分には、明莉は時間的にも金銭的にも困窮しているわけじゃなさそうだ。

それはつまり、必ずしも風俗関係の仕事を選ぶ必要はないということ。

「それは……そうです、けど……」

しかし明莉にも事情があるようで、訥々とその理由を語ってみせる。

「……私、高校中退、してるんですよね」

高校中退。初めて聞かされた情報だった。

「私だって、できれば昼間の仕事で働きたいですよ。でも今時、中卒をまともに雇ってくれる働き先なんてあります？　仮にあっても、そんなとこ絶対ブラックでしょ」

確かにこの学歴社会で、最終学歴中卒の人間が真っ当な職に就くのは難しいことかもしれない。

しかし、

「いきなり就職は無理でも、まずはバイトから始めてみるとかさ。リフレだって、いつまでも続けていられるわけじゃないんだろ？」

リフレで働くことを否定するつもりはないが、そうは言っても安定とはほど遠い仕事だ。先のことを考えれば、たとえアルバイトだとしても、腰を据えて働ける勤め先を見つけた方が賢明だと思える。

「それか、昼間にバイトしつつ、空いた時間にリフレで稼ぐとかさ。そういう子も多いって聞くけど」

むしろこの手の仕事は、副業としてやっている場合がほとんどじゃないのだろうか。

「うぅん……でも……」

納得はしている様子だが、それでも明莉の反応は鈍い。

「気軽にやりゃいいんだよ、バイトに学歴なんて関係ないんだし」

そこまで悩む必要もないだろうと、励ましのつもりで言ってやったのだが——しかしこれに、思わぬ反論が返ってくる。

「ありますよッ！　中卒とか、マジで人間扱いされませんからッ！」

感情を昂ぶらせた明莉が、キッチンカウンターをバシバシ叩いてみせる。

その荒ぶった様子から窺うに、もしかしたら過去、学歴関係でなにか嫌な思いでもしたのかもしれない。

「広巳さんだって、バイトの面接に中卒が来たら嫌でしょ？」

「んなこたないけど……」

プラスの印象にはならないが、少なくともそれが理由で蹴ることはない。大事なのは履歴書の内容ではなく、実際に話してみなければわからない人柄の方だ。

「それなら広巳さんのお店で雇ってくださいよ～」

「は？　いや、それは……」

突然の申し出に思わず言葉を濁してしまうと、明莉が「ほらね」と言わんばかりにジト目の視線を向けてきた。

「いや、学歴云々が問題じゃなくてだな……」

そう、問題はそこじゃない。問題なのは、俺と明莉の関係が職場にバレてしまう危険性がある、ということだ。

しかし明莉も本気ではなかったようで、すぐに話題を切り替えてみせた。

「あ～ぁ。いっそのこと直引き(じかび)でもしちゃおっかな」

「なにバカなこと言ってんだよ……」

夜職の事情には疎(うと)い俺でも、直引きが業界のタブーであることは知っている。

「おやおや～？　それって独占欲ですか～？」

「違うっつの……」

「ふふ、冗談ですよ。直引きなんかしませんって。私は広巳さん一筋だから♪」

そう言って明莉はころころと笑ってみせる。相変わらず人をからかうのが好きなやつだ。

絶対に照れてやるものかと、俺は努めて仏頂面(ぶっちょうづら)を意識するが——そこでふと、重大な問題に思い至ってしまう。

「待てよ？　今の俺たちの状況って、もしかして直引きしてることになるんじゃないか？」

店を介さず会う関係を直引きと定義するなら、同居してるこの現状にも、当然アウト判定が下されることだろう。

　心配を募らせる俺に対して、明莉の返答はあっけらかんとしたものだった。

「あー、それなら大丈夫です。マコっちゃんからは一応、お許しいただいてるんで」

「そうか、それなら――って、なに？　言ったの？」

　俺たちの関係をバラしてしまったのか、と。

「なんか怪しまれてたみたいで。うまいこと誘導尋問されちゃって、それでまぁ」

「マジか……」

　確かに、週一で訪れ、毎回決まった相手を指名していた客が突然来なくなれば、怪しまれても当然か。

「でも、直引きは禁止されてるんだろ？　本当にいいのか？」

「直引きはダメだけど、恋愛関係に発展するのはしょうがないよね～、みたいなスタンスらしいです」

「……恋愛関係？」

　ちょっと待てと、俺はすぐさま言及する。

「だって、そう説明した方が手っ取り早いでしょ？」

　それは、確かに、そうなの、だが――まぁ、いいか。

「けど、本当に大丈夫なのか？　後で罰金科されたりとか……」

悪質な風俗店だと、ルールに触れたキャストに莫大なペナルティを科す場合もあるとか、そんな話を小耳に挟んだ覚えがある。

「ないない。サク女は優良店ですもん、心配しなくても大丈夫ですって」

「……それならいいけど。もしなんかトラブったら、そんときはすぐに言えよ」

「はいはい。——もう、心配性な彼氏さんだなぁ」

「誰が彼氏だ！」

俺のツッコミに、明莉が大口開けて笑ってみせる。

リフレで会っているときには見られなかったその開放的な姿に、俺は……なにかしらの感情を抱いたものの、それを言葉にして確かめられるほど、恥じらいを捨てることができなかった。

——しかし、これらのやり取りが甘い見通しだったことを、俺たちは思い知ることになる。

後日、連絡先に登録してあるサク女の固定電話から、俺の携帯に着信があった。

電話をかけてきた相手はもちろんオーナーの桜田さんで——その用向きは、概ね次のようなものだ。

『少しお話したいことがあるのですが、よろしければ今週末、お時間頂けませんか？』

三章　つながりの明暗

episode 03

パン売り場の顔、売れ筋のメロンパンは、最も目立つ場所——商品棚中央、目線の高さに陳列。

逆に目立たない棚の下部には、横に長いコッペパンや、スティックパンを重点的に。見た目のインパクトで弱点を補う狙いだ。

そして、消費期限が迫っている商品を、より手に取られやすい右手側へ寄せれば——

「——……」

自らの手で整えたパン売り場を前に、はたと気が付いた俺は、内心で自嘲せずにはいられなかった。

——他所様の店でなにやってんだ。

職業病、というやつか。プライベートで客として訪れただけなのに、ついつい手を動かしてしまった。

傍から見たらさぞかし奇妙に映っただろう。人目を気にして周囲を窺うが、幸い誰にも気付かれていない様子で、ほっと胸を撫で下ろす。

しかし、同じフランチャイズのコンビニでも、店舗が違えば雰囲気も随分違うものだと、店内を眺めながらしみじみ感じ入る。

閑静な住宅街の中にある自分の店と違い、ここは繁華街のど真ん中、商業ビルの一階で営業しているビルイン型店舗だ。

品揃えもそうだが、なにより客層がまるきり違う。夜の十一時になんなんとする店内は、どこか浮ついた空気をまとった大勢の客たちで賑わっていた。

遊び終わった帰り道に立ち寄っているのか。それとも、待ち合わせてこれから飲み屋にでも繰り出す予定なのか。

かくいう自分の場合は、後者の方なのだが――しかし、待ち人はいまだ来ず。手持ち無沙汰になって店内をうろちょろするが、やがてそれにも飽きて、最後には本売り場の前、立ち読みの列に加わった。

自分の店で客が立ち読みしていたら不快に感じるくせに、こうして同じことができてしまうあたり、俺も中々に現金な人間だ。

適当な週刊誌を手に取り、ぱらぱらとページをめくる。芸能人や政治家のゴシップに特別興味はわかないが、暇つぶしには丁度良い。

やがて読み終えた週刊誌を棚に戻し、次の雑誌を手に取ったところで――背後から突然、声をかけられた。

「立ち読みやめてもらえますか～？」

予期していなかった注意の言葉に、心臓がドキッと跳(は)ねる。

テープ止めされている雑誌やコミックを解いて読んでいるならまだしも、まさか週刊誌の立ち読みを咎(とが)められるとは思っていなかった。

「す、すみません……」

ともあれ非があるのはこちらだ。謝罪の言葉を口にしながら、雑誌を元の場所に戻す。

そうして背後を振り返ったところで――自分がハメられたという事実に気付く。

「……おい」

そこにいたのは、制服姿の店員さん――ではなく。

満面に悪戯(いたずら)っぽい笑みを湛(たた)えた、私服姿の明莉(あかり)だった。

「へへ♪」

「お前な――」

文句のひとつでも言いたい気分だったが、一連のやり取りで周囲から注目を集めてしまっている今、一刻も早くこの場を立ち去りたい。

「――いくぞ」

羞恥(しゅうち)に速まる足取りで店を出て、傘立てから自分の傘を手に取る。

梅雨(つゆ)真(ま)っ只中(ただなか)の六月中旬、毎日のように雨が続いており、今夜も例に漏(も)れず雨降りだ。

雨雲に閉ざされた空に向かって傘を広げ、路上へ一歩踏み出すと――明莉が突然、横合いにぴたりとくっついてきた。

いわゆる相合い傘状態。別に構いやしないのだが、相手の手中にある未使用の傘の存在が、どうしても俺の口を開かせる。

「……自分のあるだろ」

「い～じゃん♪」

「狭いんだよ……」

「なに～？　恥ずかしいの？」

「…………」

人を小馬鹿（こばか）にしやがって。

さっき恥をかかされた意趣返しの意味も込めて、俺は傘を持つ手を入れ替え、侵入者の体を傘の外へ無理矢理追い出してやった。

「うわ～！」

無様（ぶざま）に叫びながら、明莉はドタバタとした動きで反対の位置に移動してくる。頑（かたく）なに自分で傘を差したくないらしい。

「もう！　イジワルしないで！」

二度はさせないとばかりに、腕を無理矢理に組まれてしまう。

そして、文句の言葉とは裏腹に、いたく楽しそうな口調で言うのだ。

「私、あなたの『彼女』ですよ？」

……改めて言葉に出されると、そこにはやはり多少の抵抗を感じてしまう。

「ちゃんと『彼氏』らしく、優しくエスコートしてよね？」

だが、今はそれが『既成事実』になっているので、こちらとしても無下にはできない。

「……わかってるよ」

「ならよろしい♪」

そうして歩き出す俺たちの姿は、客観的に見れば、仲睦まじいカップルそのものだろう。

まだギリギリ二十代とはいえ、気持ちはすっかりアラサーな俺だ。十代の女の子と連れ立って人前を——それも腕を組んで——歩くなんて行為、小っ恥ずかしいにも程があって、足取りは必然、忙しくならざるを得なかった。


直引き。または、裏引きとも。

あらゆる風俗業にとって、それが御法度な行いであることは、風俗遊びにそれほど精通していない初心者の俺でも知っている、夜の世界の常識だ。

店の利益（りえき）を損なうから――という理由はもちろん、個人でやり取りするようになると、金銭トラブルや身バレなど、キャストが面倒ごとに巻き込まれる危険性もあるため、直引きは重大なタブーとして禁止されている。

それ故（ゆえ）、もしもルールを破れば、罰金や解雇（かいこ）などのペナルティが与えられても文句は言えない。特に箱店――店舗型のお店は処罰が厳しいと聞き及（きおよ）ぶ。

裏オプ絶対NGの店舗型JKリフレであるサク女も、当然直引きは禁止しているのだが――一方で、お客とキャストが恋愛関係に発展することに関しては、その限りではないらしい。

自由恋愛には口を出さない、と。そういうスタンスのようだ。

だが、いくら口で恋仲になったと申告したところで、それが事実かどうかはわからないもの。実は裏でこっそり直引きしてました、なんて話だったら目も当てられない。

今回、桜田（さくらだ）さんから呼び出されたのも、きっとそのあたりの事実確認が目的なんだろう。

もちろん、俺と明莉は実際に恋人関係にあるわけではないので、そこは事実と異なるわけだが――直引きの疑いを晴らすためには、そう説明するのが妥当ではある。

偽装カップル。まるでラブコメのような展開で笑ってしまうが、やるからにはきっちり、彼氏役を演じきってみせよう。

「――この店、刺身が美味（うま）いんですよ。ささ、どうぞ。召し上がってください」

しかし、そのように気概を持って臨んだ面談は、ことのほか和やかなムードで進み、俺としては気勢をそがれる思いだった。

「……おおっ」

小洒落た個室居酒屋の一室。勧められた刺身に手をつけると、想像以上の美味しさに思わず舌を巻いた。

マグロ、ブリ、カツオ、ホタテ——皿に盛りつけられた多種多様な刺身はどれも上質な一品揃いで、普段ならツマミより酒を優先する質の自分でさえ、ついつい箸ばかり動かしてしまう。

「私エビ苦手〜。広巳さん、食べていいよ」

隣に座る明莉が、人数分しかないエビを俺の皿に寄越してくる。

「こんな美味いもんを……人生損してるな」

冗談めかして言いながら、俺はエビの刺身を、わさび醤油にひたして口に運んだ。

太さも長さも立派なエビだが、どうやら種類は甘エビのようだ。プリプリの食感と、とろけるような甘み、そして圧倒的なボリューム感に、大げさかもしれないが軽いカルチャーショックを覚えてしまう。

甘エビの刺身といったら、「味は良いけど小ぶり」という固定観念を持っていたが、そのイメージを完全に壊されてしまった。これは後で追加注文待ったなしである。

頭味噌をじゅるじゅるすする俺を、横合いから嫌悪感丸出しの視線が射抜く。

「うえ～、グロ～」

「エビのどこがグロいんだよ」

「グロいでしょ！　だって見た目、完全に虫じゃん！」

……言われてみれば確かに、虫っぽいビジュアルではある。

ではあるが、そこまで抵抗を感じるものとも思えない。むしろ、

「グロさで言えば、そっちの方がよっぽどグロいだろ」

言って、明莉の手元にあるお決まりの品――トマトスライスを指差す。

「トマトが？　なんで？」

怪訝な表情を浮かべる明莉に、俺は簡潔に理由を説明した。

「トマトの断面ってグロくないか」

「いやいやいやいや、全然そんなことないし」

「いや、グロいって。種のツブツブ感とか、果肉のじゅくじゅくした感じが、こう、未知の生命体って感じで……」

「虫の親戚に比べたら百倍ましですぅ～」

おちゃらかすように言いながら、明莉はトマトを頬張ってみせる。

と、普段通りにやり取りする俺たちを、桜田さんがくすくす笑いながらこう評した。

「すっかり仲良しですね」

　その認識は、決して間違いではないものの、どうも素直には頷けない。苦笑いでお茶を濁しておく。

「まぁね～♪　夫婦漫才ってやつ？」

　それに引き換え、明莉の方はノリノリで偽装カップルを演じている。職業柄、仮面を被るのはお手の物といった感じか。

「けど、ちょっと意外でした」

　俺と明莉の顔を交互に眺めながら、桜田さんが語る。

「お互いに色恋とは一線引いてる印象だったのに、まさかこういう結果になるなんて。人間関係ってわからないものですね」

「はは……自分でもそう思います」

　話を合わせるための相づちだが、本心でも同意するところだった。

　偽りの恋愛関係を抜きにしても、明莉と結んでしまった奇妙な関係には、どうにも人生の妙を感じずにはいられない。合縁奇縁――巡り合わせとはかくも不可思議なものだ。

「特にあゆみ――明莉ちゃんが、お客さんと一線を越えた関係になるなんて、まずありえないと思ってましたから」

「そうなの？」

疑問符を浮かべる明莉に頷きひとつ、桜田さんはあくまで俺に聞かせる体で話を続けた。

「いくら遊びとはいっても、男女のことですからね。お客さんと恋愛関係になるキャストって、たとえ禁止していたとしても絶対に出てくるものなんですよ」

リフレの売りは疑似恋愛。しかしそれが本物に発展する可能性は、どうやらまったくのゼロというわけでもないらしい。

「ただ、そういう子たちって、どこか精神的に隙があるというか——俗な言い方をすれば、メンヘラなタイプが多くて」

「あ～、わかる～」

明莉がすかさず合いの手を入れる。

「お客とデキちゃう子って、だいたいメンヘラなイメージあるもん」

「ワンチャン狙いのお客さんからしたら、与しやすい相手なんだろうね」

困ったような微笑で応えると、桜田さんは話を本筋に戻した。

「でも、明莉ちゃんはそういうタイプとは真逆じゃないですか。割としたたかというか」

「あぁ、やたらと世間擦れしてますよね」

横から「ちょっと～！」と不満の声が聞こえてくるが、無視を決め込む。

「だから、話を聞いたときは本当にびっくりして。——正直なところ、最初は直引きでもしてるんじゃないかって疑ってましたもん」

来た。

疑惑が追及されようとしている。そう直感した俺は、こちらから打って出ることにした。

「すみません、疑われるような真似(まね)をしてしまって。こうなったときに事情を説明しておくべきでした」

「いえいえ。恋愛禁止のルールがあるわけじゃなし、堂本(どうもと)さんに非はありませんよ」

「それでも、マナー的に決して褒(ほ)められた行為ではないので……本当にすみませんでした」

頭を下げて、精一杯反省の色を示す。

そして、事前に用意しておいた言い訳を——恥ずかしさに内心悶(もだ)えながら——口にした。

「ただ……都合良く遊んでやろうとか、そういう軽薄な気持ちは、一切(いっさい)、ないです」

羞恥心(しゅうちしん)に舌がもつれる。だが、ここまで来たらもう、引っ込みなんてつくはずがない。

ままよ！

「僕は彼女と、真剣に交際したいと思っています。なので、身勝手なお願いだとはわかっていますが、どうかこの件についてお許しを頂けないでしょうか」

お願いします。自分なりに誠意を込めた一言と一緒に、もう一度深く頭を下げる。

そうやってしばらくつむじを向けていると、やがて「頭を上げてください」と返事が返ってきた。

「先ほども言いましたが、恋愛禁止のルールを定めているわけじゃないので、こちらの方からお二人の関係に口を出すつもりはありません。ですから安心してください」

「……はい、ありがとうございます」

「というか……ふふっ。リフレユーザーでこれだけ誠実な人、初めて見ましたよ」

もう堪えられない、といった感じで、桜田さんが相好を崩して笑い出す。

「いや、ごめんなさい、バカにしてるわけじゃないんです。でも……堂本さんがあまりに真剣なもんだから……」

「……いいんです。好きなだけ笑ってください……」

恥はかいたが、この結果で本望だ。これだけやれば、直引きへの疑いもきっと晴れたに違いない。

――どうだ、言われたとおりバッチリ彼氏役を務めてやったぞ。

そう目配せするつもりで隣の『彼女』の方を見てみる。すると、

「っ――」

一瞬、真正面から目が合うも、次の瞬間にはそっぽを向かれてしまった。

耳元にほんのり朱が差しているところから察するに、きっと俺のガチ彼氏ムーブがツボに入り、笑いを噛み殺しているんだろう。せっかく協力してやったというのに、まったく薄情なやつだ。

ともあれこれで、果たすべき役目は果たしたわけだ。後はゆっくり、酒と料理を楽しませ

てもらうとしよう。

まずはビールのお代わりを注文して、追加で甘エビの刺身を――

「ていうかさ」

――と、思っていた矢先。話は思わぬ展開を見せていくことになる。

「マコっちゃん、そろそろ本題に入りなよ」


「本題？」

明莉がやにわに発したその一言を、俺は当然無視することができなかった。

「なんだよ、本題って」

尋ねる言葉に、頬杖(ほおづえ)をついた横顔が流し目を向けてくる。

「初めっから疑われてなんかなかったってこと」

「は？」

疑われていなかった？

それはつまり、直引きの疑惑はこちらの勘違いだったと、そういうことか？

確かに、桜田さんからは「話したいことがある」と言われただけで、直接的に追及されたわけじゃない。あくまでこっちが勝手に裏を読んだだけだ。

　だとしたら、俺が大恥かいてまでかました彼氏ムーブは全て無駄骨だったと――いや、終わったことだ、それはいい。

　問題は、この席が設けられた本当の理由――本題の方だ。

　答えを求めて視線を送った先、桜田さんはにこやかな表情を浮かべると、混乱する俺を落ち着かせるように言った。

「その前に、飲み物のお代わりを頼みましょうか」

　会話の主導権はもはや俺にない。諾々と従って、注文を取りに来た店員さんにビールのお代わりを告げる。

　そして各々に新たな飲み物が行き渡ったところで、桜田さんがついに口火を切った。

「明莉ちゃんには、さっき店を出る前に軽く話したんですが……実は堂本さんに、折り入ってお願いがありまして」

「お願い、ですか?」

「はい。――唐突なんですけど、堂本さん、転職する気ってありません?」

「ええっ?」

　本当に唐突な一言に、俺はたまらず目を丸くしてしまった。

「あの、それはどういう……?」

質問の意図を尋ねると、桜田さんは両手をテーブルの上で組み、少し前屈みになりながら、今までよりも気持ち熱心な口調で答えてみせた。

「サク女は今のところ、オーナーの自分が店長も兼任する形で運営しているんですけど。将来的には誰かに店長を任せて、私は現場から退こうと考えているんです」

一呼吸置いて、桜田さんの滑らかな弁舌は続く。

「というのも、サク女の経営もだいぶ安定してきたので、そろそろ新しいビジネスに手を広げたいなと思ってまして。――そこでぜひ、その役目を堂本さんにやって頂けたらなと」

「………………」

つまり、こういうことか。

直引き云々は完全にこちらの早とちりで、サク女の新店長就任を俺に持ちかけることこそが、今日の本題だったと。

拍子抜けと驚きが相半し、軽い混乱状態にある俺を、熱心な勧誘の弁が追い打ちする。

「堂本さんは、コンビニで店長としてお勤めされているんですよね」

「ええ」

「部外者からすると、業務の大変さに報酬が見合わない、割とブラックな職種――そういうイメージなんですが、実際のところどうなんでしょう？」

失礼な質問ですみません、と桜田さんは付け足すが、それはいらない一言だ。

「まぁ……概ね想像通りだと思います」

今現在の俺は、フランチャイズ経営のオーナーに雇用されている、いわゆる雇われ店長の立場だ。

コンビニ業界に限らず、雇われ店長の苦労話は枚挙にいとまがない。

「毎日十八時間勤務。休みは週一。それもバイトが休めばなくなる」

「馬車馬のように働かされても手取りはたかが知れてる。時給換算したら泣きたくなった」

そんな痛ましい体験談は、インターネット上を探せばいくらでも見聞きすることができるだろう。

「それなら、これを機に転職を考えてみてはいかがですか?」

一流の営業マンさながら、桜田さんは巧みなセールストークで口説き落とそうとしてくる。

「風俗店の店長と聞くと、あまり良いイメージはないかもしれません。実際、社会的な風当たりも強いものです。——ですが、この仕事だからこそ得られるメリットというのも確かにあるんです」

「……なんか私、関係なさそうだね」

真面目な雰囲気に気を遣ったのか、明莉が「ちょっとお手洗い」と言って席を立つ。

二人きりとなった個室の中、桜田さんは話を続けた。

「風俗の世界は、良くも悪くも完全な実力社会です。そこには学歴による差別や、年功序列といったしがらみは一切ありません」

「………………」

「やればやるだけ評価される。逆にやれなきゃ居場所はない。世の中には『やりがい搾取』なんて言葉もありますけど、それとは全く縁遠い世界なんです」

「……なるほど」

「条件的にも、昼職の雇われ店長と比べたらかなり良いはずです。――その分、能力は求められますが。けどコンビニ経営で鍛えられている堂本さんなら、きっとうまくやっていけると思います」

「………………」

「まずはスタッフとして経験を積む必要はありますが、遅くとも一年以内には、店長の職務を任せることをお約束します。――どうでしょう、前向きに検討しては頂けないでしょうか？」

「………………」

静かに耳を傾けながらも、俺は内心で少しの罪悪感に見舞われていた。

これだけ熱心に誘ってくれている桜田さんには悪いが、俺が返せる返事は最初からひとつしかない。

「すみません、ありがたいお話なんですが……」

風俗経営の仕事に偏見があるわけじゃない。ただ、今の仕事を簡単に辞めるわけには、どうしてもいかなかった。

誠意を見せてくれた相手に応えるためにも、俺はその理由を、慎重に言葉を選びながら説明する。

「僕は元々、アルバイトからこの仕事を始めて、そこからの叩き上げで今の立場になったんですけど——それ以前は、ほんとに酷い状態でした」

「酷い状態、ですか?」

「はい。……恥ずかしい話なんですが……一番酷いときだと、職無しでホームレス状態になるまで落ちぶれていたぐらいです」

桜田さんが「えっ」と声をもらし、目を丸くする。当然の反応だろう。

「店長の仕事は、正直言って辛いです。辞めたいと考えたことも、一度や二度じゃありません。……でも、昔のどん底だった時期のことを思えば、今の環境が——たとえ苦しいものだとしても——恵まれているとも感じるんです」

仕事を選べる立場じゃない、なんて言えば卑屈に過ぎるかもしれない。それでも、最低をスタートラインとして始まった今の自分にとって、ここまで来れたこと、それ自体が奇跡みたいなものだ。

そしてなにより、

「オーナーには、ここまで育ててもらった恩がありますから。――社会の底辺だった自分が、一応は真人間を名乗れるところまで成長できたのも、全部オーナーのおかげなんです」

箸にも棒にもかからない職無しだった自分を雇ってくれたこと、俺が断れば新店は諦めるとまで言い切って店長を任せてくれたこと。オーナーがいなければ、今の自分はきっといなかったに違いない。本当に感謝しかなかった。

「だから、恩人を裏切るような真似だけは、絶対するわけにいかないんです」

「……そうですか」

桜田さんの口元に、ふっ、と微笑みが浮かぶ。

「条件云々で割って入れる信頼関係じゃなさそうですね。――残念ですが、諦めます」

「申し訳ないです……」

「とんでもない。こちらが一方的に持ちかけただけですし、気にしないでください」

これにて話も一段落、といった感じか。

とはいえ、飲みの席はまだ続くので、話の種に感想戦でもしておこう。

「けど、本当にいきなりでびっくりしました」

「ははっ、ですよね。でもこの界隈じゃ結構ある話なんですよ」

「そうなんですか？」

「狭い業界ですから。おまけに俗世間からは閉じてるし。内輪でやりくりしなきゃとてもとても」

「なるほど……。確かに一般人にはハードルが高い仕事かもしれないですね」

しばらくそうやって話を交わしていると、やがて明莉が席に戻ってきた。

「ただいま～。話終わりました？」

問いかけに、桜田さんが結論と一緒くたに答える。

「終わったよ。ダメだった」

「やっぱりね～！　言ったとおりでしょ？」

予想的中と、明莉は得意になってみせる。

「ふふん。私の彼氏は簡単に仕事を変えちゃうような、そんなちゃらんぽらんじゃないんで～す」

すっかり彼女面が板についている――というより、単純に調子に乗っているだけか。

「ねっ、広巳さん？」

媚びもあからさまな声でそう言うと、明莉は俺の膝に手を乗せ、会話をするには近すぎる距離から顔を覗き込んできた。

直引きの疑いは晴れたとしても、彼氏彼女の振りはいまだに続行中だ。無下にはしないが──これは少し、やりすぎじゃなかろうか。

「あれ？　どうしたの？　耳が赤いよ？」

「……酔いが回った」

「えぇ～、ほんと～？　まだ全然飲んでないじゃん～」

熱でも確かめるみたいに、明莉が耳たぶを触ってくる。

そして、その動きに乗じて耳元まで顔を近づけてくると、不意に小声で一言。

「──さっきのお返し」

意味不明だったが、とりあえず、やられた気分だけは確かだった。


絶対に断るはずだと思っていたけど、実際に広巳さん本人の口からノーの返事を聞けたときは、正直ホッとした。

この業界、キャストの女の子と同様に、スタッフとして働く男性にも世間からの偏見や差別はつきものだ。

ナイトワーカーというだけで交友関係を切られたり、入居審査に落とされたり──学歴不問で高収入を狙えるのは確かに魅力だけど、肩身が狭い思いをしながら生活していくのは、実際に経験してみると殊の外辛いことがわかる。

いくら時間やお金がたくさんあっても、「つながり」がなかったら人は幸せになれない。これは成功者に対するあてつけでも、自己満足なポエムでもなく、私自身がこれまでの人生を通して学んできた、血の通った教訓だ。

コンビニ店長の仕事は、傍から見てるだけでも大変なことがわかる。それでも昼の世界にちゃんと居場所を持てている広巳さんには、是が非でもその「つながり」を大事にしてほしい。そして――

そして、もしも。万が一許されるのなら。私もそれに、与らせてもらえたら――なんて、図々しくも考えてみたり。

実際問題、私と広巳さんの関係が、この先どうなっていくのかはわからない。私自身も、自分がどうしたいのか、明確なビジョンを描けないでいる。

それでも、同居人であることを許された残りの時間――二十歳になるまでの間に、なにも進展がないというのも、なんだかちょっと寂しい感じだ。

……広巳さんは、どう考えているんだろう。

あのとき口にした『真剣に交際したい』という言葉は、その場を乗り切るための、単なる言い訳に過ぎなかったんだろうか？　それとも――

――……とにかく！　なんにしても！

この先どうなるにしたって、先立つものは必要だ。

ＪＫリフレ嬢の旬は十代が終わるまで。俗に『二十歳の壁』なんて呼ばれるものに阻まれて、この仕事を続けられなくなる前に、今は稼げるだけ稼いでおかなくちゃ。

回転だろうが痛客だろうがなんでも来やがれ――そうモチベをブチ上げて臨んだ、飲み会から数日後の勤務日。しかし出勤早々、やる気に水を掛ける出来事が私を待ち構えていた。

「おはようございます――？」

口調が訝しげになってしまうのは、受付の中に見知らぬ顔があったから。

まるで韓流アイドルみたいな、赤茶に染めたツーブロックのマッシュヘアー。ストライプの入ったタイトなスーツベスト姿は、いかにも夜の住人といったいかがわしい雰囲気だ。

顔の作りは、そこそこ整っている。イケメンを名乗っても、反対意見は上がらないだろう。けどその顔つきには、どこか違和感が――例えるなら、２・５次元の舞台俳優みたいな『デザインされた造作』を感じられて、個人的には目の保養にはならないタイプの顔だった。

「おはざ～っす！　キャストの子？」

「え、はい」

いきなりの隔てない態度に気後れする私をよそにして、相手の方はなにやら手元をごそごそやっている。

「え～っと、どれかな～？」

どうやら宣材写真代わりに使っているチェキの中から、私のそれを探しているみたいだ。

「お、これだ」

やがて目当ての物を探し当てると、写真と実物を見比べながら、彼はにこやかに言った。

「新しくスタッフとして入りました、九条一輝って言います。よろしくね、あゆみちゃん！」

「……あ、はい。よろしくです」

生返事を返しながら、私は心中で事情をなんとなく悟った。

広巳さんに誘いを蹴られたマコっちゃんは、きっと次の候補としてこの人に——九条さんに声をかけたんだろう。十中八九、そうに違いない。

「いやぁ～、にしてもっ。この店ってほんと女の子のレベル高いよね！」

他キャストのチェキを眺めながら、九条さんが勝手に喋り出す。

「やっぱり店舗型だと顔面偏差値がレベチっすわ。——う～ん、これはスタッフとして働くよりも、お客として通うのが正解だったかな？」

「……あはは。失敗しましたねー」

軽薄そのものな態度は正直気にくわなかったけど、ここは愛想笑いで応えておく。

キャストにとって、スタッフは管理者みたいなもの。嫌われたりしたら、仕事をする上でなにかと不利だ。

それに、広巳さんの代わりに雇われたのなら、きっとこの人は次期店長候補になるんだろう。媚びを売るほどではないにせよ、友好的な態度は示しておいて損はない。

「今度こっそり遊びに来ちゃおっかな⁉　こう、上手く変装してさ！」

「絶対バレますよ」

「あゆみちゃん、指名してもいい？」

「いいですよ。スタッフ割り増しでふんだくりますけど」

「酷い！　そこはサービスしてよ～！」

「あははっ」

内心うざいなぁと思いながらも、笑顔を浮かべて軽口をたたけるあたり、私も相当にしたたかな性格をしている。

「それじゃ、待機室入りますね」

「よろしく～。あ、これボードに貼っといて」

その言葉と一緒に、私の――『あゆみ』のチェキが、受付カウンター上に放り投げられる。

「……は～い」

自分でやれよ。せめて手渡せ。なんて気持ちはおくびにも出さず、私は自分のチェキを手に取り、出勤一覧表代わりのコルクボードに貼り付けた。

そうして待機室に向かおうとするけど――

「ちょっと待って」

「なんですか？」

呼び止める声にしかたなく振り返ると、なにやら怪訝そうな目つきがそこにあった。

「……なーんか見覚えあるんだよなぁ……」

人の顔をじろじろ見ながら、九条さんが呟く。

「前にどっかで会ったことない？」

「……ないと思いますけど」

少なくとも私の記憶の中じゃ、今日が初対面だ。

「う～ん……でも……ま、いっか」

やがて興味をなくしたのか、九条さんは「行っていいよ」とでも言うように手をひらひら振ってみせる。

呼び止めてごめんぐらい言えよ、と思ったけど、やっぱりこれも口には出さなかった。


――初対面から馴れ馴れしいやつ。

新顔のスタッフに抱いた第一印象は、その一言に尽きるわけだけど。

それが事実と異なる認識だったことを、私はこの後、すぐ思い知らされることになる。

四章 因果は巡る

episode 04

ＶＩＰルーム『保健室』の中。スツールの上で足を組みながら、私はふと考えてしまう。

ここはいつから人生相談室になったんだろう？

そして私は、いつからカウンセラーになったんだろう？

「おかしいよ……」

ベッドに腰掛けるカウンセリング対象――もとい、指名客の男性が苦悶の表情で呟く。

「友達としか思えないって……二人きりでデートまでしたのに……そんなのってないよ……」

一度はリフレ遊びからの卒業を宣言した山田さんだけど、結局この通り、舞い戻る結果となっていた。

なんでも、件の姫と初デートに出掛けた折、勢いのまま告白に踏み切って――見事、砕け散ったらしい。

「まぁ……うん……」

慎重に言葉を選びながら、私は当たり障りのないように慰める。

「思わせぶりな子っているし……」

「でも！　『一緒にいると楽しい』って、『また出掛けましょうね』って、そう言ったんだよ⁉」

だからって初デートで告白は焦りすぎじゃないかなー。なんて言ったところで傷口に塩を塗るだけか。

「そんなの、勘違いしない方が無理だよ……うぅ……会社で顔を合わす機会もあるのに……これからどういう顔して接すればいいんだ……」

たぶんその人にとってはなんでもないことだから普通に接すればいいと思うよー。なんて言ったところで以下同文。

しかし、このまま放っておいても切りがないので、ここらで一発元気づけてあげるとしよう。

もちろん仕事として、打算込み込みの励ましだけど。

「もう！　いつまでくよくよしてるんですか！」

「だって……」

「その女の子にも問題はあるけど！　山田さんにだって問題はありますよ！」

「ぼ、僕に……？」

予想外の言葉だったか、呆然とする山田さんに、私はぴしゃりと言い放った。

「山田さんはね、別に男性としてNGってわけじゃないんです。ブサイクでもないし、清潔感もあるし、仕事もちゃんとしてる。――でも！　とにかく自信が足りない！」

「じ、自信……？」

「そう！　自分に自信を持ってない男を、女の子はそもそも異性として見ないですから！」

人それぞれ意見がわかれる部分ではあるけど、少なくとも私はそうだ。

「けど……自信なんてどうやったら……」

「それはもう、経験っきゃないです！　できるだけたくさんの女の子と関わって、とにかく会話する！　それしかありません！」

「……でも、なにを喋ったらいいか……」

弱音を吐いてばかりの山田さんに、私の方もいよいよヒートアップしてきた。

「中身なんてなくていいんです！　山田さんは女の子に気を遣いすぎ！　少し雑に扱うくらいで丁度いいから！」

優しさも、気遣いも、それ自体は素晴らしいことだけど、過ぎたるはなんとやらってやつで、毒のない男は同時に面白味もないものだ。

「会話のキャッチボールに、正しいボールの握りとか、理に適ったフォームとか、そんなの必要ないんだよ」

お客相手だろうが遠慮のない、完全に上から目線のタメ口で、私はズバリ言い切る。

「大事なのは自然体でいること。――狙いが外れたっていいの、届かなくたっていいの。そうやって少しずつ肩を慣らしていけば、きっといつか、本当に受け取ってもらいたい相手に、渾身のストレート……投げられるようになるから！」

胡散臭さも極まれりといった調子だけど、効果は覿面だったようだ。

「――！」

ユリイカ！　なんて一言が聞こえてきそうな山田さんのリアクション。

それを手応えに私は、釣り針を引っ張り上げるべく言葉を続けた。

「だから――」

だから、これからしばらくリフレで経験積んだ方がいいと思うよ。心配しなくても大丈夫、私が付き合ってあげるから♪

――勝った！　太客ゲット！

私は内心で勝ちどきを上げる。しかし、この完璧と思われた筋書きは、思わぬ方向へと転がっていく結果になった。

「ありがとうあゆみちゃん！　僕、目が覚めたよ！」

私の決め台詞をさえぎって、山田さんが興奮気味に言う。

「そうだよね……千里の道も一歩から……何事も地道な練習や失敗を繰り返した先に、本当の成功があるんだよね！」

「そうそう。だからまずは——」

「決めた！　これから僕、あゆみちゃん以外のキャストも積極的に指名して、まずはそこから経験を積んでいくことにするよ！」

「……え？　いや、ちょ。え？」

戸惑う私を顧みることなく、山田さんは眩しいぐらいの笑顔で感謝の気持ちを伝えてくる。

「あゆみちゃんと出会えて本当に良かった……君は僕の恩人だよ！　本当にありがとう！」

文字面だけ見れば、めちゃくちゃ嬉しい言葉ではあるんだけど……。

「きっといつか、渾身のストレート、投げてみせるから！」

いや、まずは私が投げたボール受け取らんかいっ！

そんな渾身のツッコミは、心の中で空しく響くばかりだった。


結局、立ち直るだけ立ち直って、山田さんは帰って行ってしまった。

太客再獲得とまではいかなかったけど、これからも折を見て指名を入れてくれると言っていたし、ひとまずこれで満足しておこう。

努めて前向きになりながら、待機室に戻る——しかし、その途中。ふと通路ですれ違った相手に、私は冷や水を浴びせられることになった。

「おっつ～」

そう気安く挨拶（あいさつ）してくるのは、モデルさんみたいな長身スレンダーな女の子。白のブラウスに無地のスカート、それにストライプ柄のネクタイと、服装こそベーシックな装（よそお）いだけど、総合的に見ればその外見はかなり特殊だ。

浅黒い肌といい、切れ長でアーモンド型のアイメイクといい、緩（ゆる）くパーマをかけたピンクブラウンのロングヘアといい、アイドルメイクに黒髪パッツンが王道とされるリフレ嬢の外見においては、異質と呼んで差し支えないビジュアル。

雰囲気ギャルの私と違って、完全にギャルそのものな彼女は、最近入ったばかりの新人だったはず。源氏名はたしか——『れな』。

「おつかれ——」

適当に返事をし、行き違ったところで——私は足を止める。止めざるを得なかった。

「——ちょっと待って?」

呼び止めると、れなが「あん?」と、ガラの悪さ丸出しで振り向く。

その手の中にあるのは——見覚えのある、四角形のパッケージ。

「……それ、なに？」

「は？　ゴムだけど？」

なんら悪びれるところのない、軽すぎる返答。

呆れて言葉も出てこない私に代わって、れなは問わず語りに説明してみせる。

「さっきついた客がさ〜、ゴム越しの手でいいから抜いてくれって言うの。したら一万五千出すって。やばない？　手でイチゴだよ？　秒でコンビニ行ってゴム買ってきたわ！」

れなはテンション高めにそう言って、そのままお客さんが待つ部屋へ向かおうとする。

当然、私は待ったをかけた。

「あのさ、面接のときに言われたよね？　抜きはダメだって」

「手でちょろっとやるぐらいよくない？」

「よくっ、ないっ。バレたらクビになるよ？」

「バレなきゃいいじゃん。一回ぐらいだいじょぶっしょ」

「ダメ」

「でも一輝君は――」

「とにかくダメだから！」

有無を言わさず、私はれなの手から避妊具のパッケージを奪い取った。

「裏オプで稼ぎたきゃ派遣いきなよ。うちはそういうお店じゃないから」

裏オプ――抜きで稼ぐこと自体を頭から否定する気はない。やりたければ好きにやればいいと思う。

ただ、それなら働く場所を選ぶべきだ。派遣型リフレでも、デリヘルでも、箱ヘルでも、ちゃんと風俗としての許可を取って営業しているお店は他にいくらでもある。

「表沙汰になったら、最悪閉店食らうことだってあるんだよ。そうなったとき責任取れる？」

「…………」

「お客さんにも説明して、ちゃんと断って。それでもごちゃごちゃ言うようだったらスタッフ呼んでいいから。わかった？」

「……チッ」

返答代わりに舌打ちひとつ、れなはしぶしぶと立ち去っていった。

「まったくもう……」

バレなきゃいいとか、一回ぐらいいとか、甘い考えにもほどがある。

ただでさえ狭い風俗業界の中、さらにニッチなJKリフレ界隈じゃ、噂はすぐに広まるもの。裏オプできると悪評が立てば、客層は悪くなるだろうし、行政から目をつけられるかもしれない。

今回は事前に食い止められたからよかったものの、また同じことをしでかす可能性は十分に考えられる。告げ口するみたいで気が進まないけど、この一件はマコっちゃんに報告しておこう。

そう考えをまとめて受付に向かうも――しかし、さっきまでそこにいたはずのマコっちゃんの姿は見えず、受付は無人だった。

「……？」

ふと見れば、受付の奥、事務室に続く扉が半開きになっている。

中にいるんだろうと当たりをつけた私は、事務室までお邪魔することにした。

「失礼しま～す――うっ」

扉を開けた瞬間、ムワッと臭（にお）った異臭に顔をしかめる。

これは……。このなんとも言い難（がた）い、生木を燃やしたような……あるいは、人間じゃないなんらかの動物がこいたおならのような、独特な臭いは……！

「おっ？　あゆみちゃん、どしたの？」

オフィスチェアに深く腰掛け、行儀悪く両足をデスクに乗せている九条（くじょう）さんが、首だけ振り向かせてこちらを見る。

その手の中には、異臭の原因――電子タバコの本体が握られていた。

「……ここ、禁煙ですよね」

事務室内には換気扇がついておらず、換気口は小さな窓一枚だけ。それも今は閉じられているので、ほとんど密閉状態と変わりない。

「電子ならセーフっしょ」

「……でも、臭いが……」

「そう？　でも副流煙とかないし！」

いや、ありますから。普通に有害物質まき散らしてますから。ていうか、仮になくても臭いことに変わりはないんですが？

苦情を入れてやりたい気持ちはややまだったけど、そのために息を吸うことにすら抵抗を感じる。ここはさっさと用件を済ませて、一刻も早くこの場から立ち去るのが吉だ。

「あの、マコっちゃんは？」

「オーナー？　私用でちょっと出てるよ」

「……いつ頃戻りますか」

「さぁ？」

適当な返事と一緒に、吐き出された白煙が宙を漂う。それはすぐに空気へ溶けこみ、甘ったるい悪臭となって私の嗅覚を刺激した。

「…………」

臭いだけなら、紙巻きタバコより電子タバコの方が迷惑だと思う。いやマジで。

「……新人のれななんですけど」

できればマコっちゃんに伝えたかったけど、いないのならしょうがない。私は九条さんに先ほどの一件を報告することにした。

「あの子、裏オプしようとしてましたよ」

「あ、そうなの？」

九条さんは簡単に相づちを打つだけで、その反応は極めて薄い。

……もしかしたら嘘だと思われているのかもしれない。キャスト間の潰し合いで、でっちあげた悪評を流すのは、この業界ではよく使われる手口だから。

「これ、取り上げました」

それならと、私は没収した避妊具を証拠として差し出す。

しかし九条さんの反応は相変わらずで、パッケージを見ながらニヤニヤと薄ら笑いを浮かべるばかりだ。

楽観的な態度にもやもやが募る。自然、口調も刺々しくなっていく。

「今回は未然に防げたからよかったですけど、あの様子じゃきっとまたやりますよ。バレなきゃいいとか言ってましたもん」

お店の方から厳重注意を与えてほしい。そう言外に含ませた私の訴えは、しかし実を結ばなかった。

「ん～、その通りっちゃその通りだよね」

「……はい？」

「なんだかんだ、裏オプする子は絶対出てくるもんだし。だったらバレないようにやりなさいよって話ですわ」

……この人はなにを言ってるの？

理解が及ばず混乱するばかりの私に、さらなる衝撃発言が投げかけられる。

「ま、あいつも手割以外ＮＧっつってたし。そんぐらいカワイイもんしょ、ほっときゃい～よ」

興味を失ったように避妊具のパッケージを放り出すと、九条さんは再び電子タバコを口にくわえた。

吐き出される白煙は相変わらず不快だったけど、こうなったら気にしている余裕もない。

私は矛先を変えて、追及の言葉を口にした。

「……知ってたんですか？　れなが裏オプするかもって」

「まぁ、あいつ、僕がスカウトしてきたんだしね」

「だったらどうして注意しなかったんですかっ」

「したよ～。やるならオーナーや他のキャストに見つからないようやれって」

「はぁ……？」

「なのに早速バレてっし。やっぱバカだな、あいつ」

歪んだ口元から漏れる、悪意満点のせせら笑い。

道化がふと見せた生々しい仕草は、仮面の奥に潜むゾッとするような本性を、これでもかと言うぐらいに表していた。

「……本当にこのまま、ほうっておくつもりですか」

「あゆみちゃんは心配性だな～。いくら注意したところで、やる奴はやるもんだよ？　気に掛けるだけ無駄だって」

「………………」

この期に及んで危機感の欠片もない九条さんの態度に、私は悟った。こいつになにを言ったところで無意味だ、と。

「……なら今日のことは、私からマコっちゃんに報告します」

「いいんじゃない？　好きにすれば」

「九条さんが知ってて止めなかったことも、伝えます」

決然と言い放ったその一言に、ここまで飄々としていた九条さんの顔色ががらりと変わった。

「いやいやいやいや。なんでそうなるの？」

「だって、裏オプ容認してるわけでしょ？　お店の方針に違反してるじゃないですか」

「違う違う。僕は別に、裏オプを推奨してるわけじゃないの。あくまで個人の、自己責任でやりなさいよってスタンスなわけ。わかる？」

「使用者責任ってありますよね」

「……はぁ～……」

これ見よがしに大きな溜め息をつくと、九条さんはデスクに乗せていた両足を下ろし、私の方へ向き直った。

「あのね？　お店はキャストを雇用してるわけじゃないの。あくまで業務を委託してるだけなの」

言われなくても知っている。ＪＫリフレ嬢だけじゃなく、夜職のキャストは基本的に、雇用契約じゃなく業務委託で働いているものだ。

「つまり、君たちは個人事業主なわけ。個人でやってる仕事なんだから、お店側に使用者責任なんて問われても筋違いでしょ？」

「あっ、なるほど。場所は提供するけど、密室で行われていることに関しては関与しないって、そういう理屈ですか」

「そうそう」

「それって売春斡旋になりません？」

「……いや……あのさぁ……」

これ以上やり合っても埒が明かない。私は話を終わらせることにした。

「とにかく、一度マコっちゃんに話しますね。それじゃ」

そう言って背を向けた私は——しかし、そのまま出口に向かうことができなかった。

「……人のことをとやかく言う権利、君にあんの？」

——どうやら過去ってやつは、目を背ければ背けるほど、不意を突いて清算を迫ってくるものらしい。

「自分も昔、裏オプしてたくせにさ」

「…………え」

理解が追いつかず、呆けたように呟くだけの私を、明確に毒を含ませた声が追い打ちする。

「君さぁ、前に『ほぉむるぅむ』って店で働いてたでしょ」

「…………」

硬直する唇は、言葉を発するよりもよほど雄弁だったらしい。

「やっぱりね。——実は僕も、昔あそこで働いてた時期があってさ。いや～、どうりで見覚えあると思ったよ～」

蛇に見込まれたなんとやら。なぶるような視線から、私は目をそらすことができない。

「あの店、裏オプ蔓延してたもんね。どうせ君もやってたんでしょ？」

「な、なに言って――」

「しらばっくれるの？　なら当時の常連だった知り合いのリフレマニアに君のこと聞いてみようか？　絶対知ってると思うよ」

「…………」

　気付けばすっかり形勢は逆転していた。

　やり込められて消沈する私の姿がお気に召したのか、九条さんは下卑た笑みを浮かべ、ますます調子づいて糾弾してくる。

「自分のこと棚に上げて、よく人のこと悪く言えたよね。君だって結局、同じ穴のむじなじゃん」

「……ち、ちが……」

「違わない。同類だよ、同類」

「っ……昔の話じゃないですか！」

「だからって、なかったことにはならないよね」

「――っ!!」

　なかったことには、ならない。

　その言葉は、おそらく九条さんが意図した以上に、私の心を奥深くまで刺し貫いた。

「君だって人にごちゃごちゃ言われたくないでしょ？　だったら干渉しないでおこうよ、お互いにさ」

「………………」

「それに僕だって、流石に本番までは許さないよ。でもそれ以外だったら、ねぇ？　ご愛敬じゃない？」

「………………」

「心配しなくても大丈夫、絶対バレないから。いやぁ～、僕も結構この業界長いからさ。内定調査でやって来る警官とか、こっそり取材しに来るライターとか、一目見たら一発で見分けつくんだよね」

「………………」

九条さんの言い分は穴だらけで、頷けるところは少しもない。

それなのに、すっかり萎縮してしまった私は反論のひとつすら口にできず、結果としてこのやり取りは、こちらが論破されるという形で決着してしまう。

「柔軟にいこーよ、ジューナンに。ね？」

そう言って九条さんは笑みを浮かべてみせる。

形だけは人当たりの良い笑顔は、その実酷薄な本性を覆い隠すための、作り物の仮面にしか見えなかった。

コンビニ業に携わっておよそ十年。店長になってからは三年弱。

責任者として人を扱う立場になって、気付かされた大事な教訓がある。

それは——決してパートさんを敵に回してはいけないということだ。

組織運営において、人間関係でのトラブルは付き物。まして学生バイトやフリーターといった、若者たちが主役となる職場ではなおさら。

そんな環境下で、人生経験豊富かつ精神的にも成熟したパートさんの影響力は、お世辞抜きで店長の自分よりも大きい。

特に女性従業員同士の関係においてそれは顕著で、男の立場では迂闊に介入できない『女VS女』の争いを、これまで何度も仲裁してもらってきた。

パートさんの助力がなければ、俺はいまごろ店長を辞めていたかもしれない。あるいは、心労でぶっ倒れていたかも。

だからこそ絶対に、パートさんを敵に回してはいけない。彼女たちが「事務所が汚い！」と訴えれば、それは一も二もなく片付けなければいけないし、「床が固くて足が痛くなる！」と訴えれば、レジ下に敷くマットをたとえ自腹を切ってでも用意しなければいけない。

……妙に事例が具体的なのは、実際のところ俺が言及しているのは、『彼女たち』ではなく、『彼女』についてだからなんだが。

とはいえ、ここでひとつ忘れてはならないことがある。

それは、いくら人生経験を積んで人として熟した彼女たちであっても、あくまで――


「女かぁ～？」


――そう、あくまで『女』であることに変わりはなく。色恋話の類いには目がないということだ。

「……なんすか」

夕方の帰宅ラッシュも落ち着いた、夜八時過ぎの店内。

休日で家にいた俺は、買い出しのため自分の店に立ち寄ったのだが――いざレジで精算しようとしたところ、思わぬ相手に絡まれてしまった。

「だって、普段こんなの飲まないじゃん」

そう言って『彼女』――パートリーダーの主婦・寺本さんが、いましがたバーコードを通したばかりの商品を示してくる。

パッと見は普通の缶ジュースに見える、ノンアルコールカクテル。他にも瓶に入ったノンアルワインなど、確かに普段なら俺が絶対に選ばない銘柄だ。

「女の分でしょ～？　ひゅ～！　隅に置けないね～！」

満面の笑みで茶化してくる寺本さん。指差し付きの「ひゅ～！」は完全にババ——昭和のリアクションだったが、ここはあえて突っ込みをいれないでおこう。

「家飲みしてんの？　買ってこいって？」

「違いますって……」

実際は寺本さんの言うとおりなのだが、ここはもちろん否定しておく。

「隠さなくていいじゃ～ん。私と店長の仲でしょ～？」

「たまには甘いやつも飲みたくなるんですよ」

「じゃあなんでノンアルなの～？　あ～や～し～！」

「……いいでしょ、別に」

スマホをICリーダーにかざして精算を催促すると、やがてピロピロと電子音が鳴って決済の完了を告げた。

「彼女可愛い？　年下？　それとも年上？　どこで出会ったの？」

商品を袋詰めしながらも、寺本さんは質問攻めに余念がない。

「そういうのは息子さん相手にやってください」

「息子には彼女できたらすぐ報告させてるもん～」

「なるほど、得意の暴力で……」

「んん～？　お前にも味わわせてやろうかぁ～？」

そう言って寺本さんは握りこぶしを作ってみせる。若かりし頃は伝説のレディース雑誌『ティーンズロード』から取材を受けるぐらいバリバリだったお方だけに、冗談だとしても妙な迫力があった。

「じゃ、あとお願いします」

「は～い、お疲れ様～。今度紹介してね～」

最後の一言には苦笑いで返答し、俺は逃げるように店を出た。

まったく、どうして世の女性はこうもゴシップが好きなのだろう。標的にされる身としてはたまったもんじゃない。

しかし、ここまで噂にされていたら、同居人の存在が明るみになるのももはや時間の問題か。口の軽い篠田にも知られてしまったことだし……バレたときの言い訳を考えておいた方が賢明かもしれない。

それかいっそのこと、桜田さんにそうしたように、カップルを装うという手もある。

なんにせよ、覚悟はしておくべきだろうな——そう気持ちを固めて自宅に戻ると、先程とは別種の、なおかつやっかいな絡みが俺を待ち構えていた。

「んもぉ～！」

先日リビングに新しく置いたばかりのI字型ソファ。そこを一人で占領している不届き者が、寝そべった姿勢のまま不満をぶつけてくる。

「お～そ～い～！」

上下逆さまになったしかめっ面は、パーカーの襟ぐりから覗く首元からおでこに至るまで、ほんのりと赤く色づいている。呂律が回っていない喋り方といい……完全に出来上がっていた。

「十分もかかってねえだろ……」

謂われない叱責に不平をこぼしながら、俺はローテーブルの上にレジ袋を置く。

すると不届き者――赤ら顔の明莉は、ふらふらとしながらソファに座り直し、レジ袋の中身を改めだした。

「ちゃ～んと甘いの、買ってきました～？」

覚束ない手付きが、ひとつひとつ品を取り出していく。

「ワイン～♪　良き良き～♪」

ノンアルだが気付いていないようだ。良き良き。

「ん～？　これ、ゼロカクテルって……」

「糖類ゼロのカクテルだ。いくら飲んでも太らないぞ」

「最高～♪」

チョロすぎて余裕で騙せる。

「……ん～？」

と、ここまで順調だった明莉の表情が、やにわに険しさを帯びた。

「――なんっこれ～！　コーラじゃんか～！」

「それは俺のだ」

五百ミリペットのゼロカロリーコーラ。ゆらゆら揺れる明莉の手に握らせていたら炭酸が泡立ちかねないので、速やかに没収させてもらう。

「なんでジュースだし！　今日は一緒に飲むんでしょ～！」

「コークハイ作るんだよ……」

うっせえなぁ、と思いつつも言葉には出さず、俺はコークハイを作る準備に取りかかる。

プラ容器入りのレモン果汁は、その都度入れるのが面倒なので、直接ペットボトルに目分量を投入。そして氷をいっぱいに入れたグラスと、ウイスキーを用意すれば、これで準備は完了だ。

ソファのスペースは空いていたものの、やたら荒ぶる同居人とはできるだけ距離を取りたいので、カーペットに直座り。

そうしてローテーブルの上、所狭しと並ぶデリバリーのピザ、その他サイドメニューを脇に寄せて場所を確保、一人まったりとコークハイを作る。

「あ～！　指で混ぜてる～！　もぉ～、汚～い！　マドラー使って！」

「はいはい……」

普段は指で混ぜようが、箸の頭で混ぜようがなにも言ってこないくせに、どうやら今夜は完全にウザ絡みモードのようだ。

飲み助の俺が言っても説得力はないが、ここはひとつ、注意を与えておこう。

「あんまりはしゃぎすぎるなよ。明日が辛いぞ」

しかし、今夜の明莉は頑なだった。

というか――単純に荒れていた。

「い、い、の～！　明日のことなんてねぇ！　知ったこっちゃあないんですよぉ！」

そう言って明莉は、豪快にゼロカクテルをあおってみせる。

心配になるほどの荒れっぷりだが……それだけ鬱憤が溜まっているんだろう。

なんでも、サク女に新しく入ってきた男性スタッフ――俺の代わりにスカウトされたらしい――がどうにもいけ好かない奴らしく、苛ついてしょうがないのだとか。

「それよりも！　ねぇ聞いて!?」

「お、おぉ……？」

俺は思わず身構えてしまう。

話の頭に『聞いて』が来るときと、口調が自然とタメ口になるときは、愚痴か長話が始まる前触れ。これまでの付き合いの中で学んだ、明莉の習性だ。

　もう一口ゼロカクテルをあおって喉を湿らせると、明莉は案の定、堰を切ったように喋り出した。

「あいつさぁ！　あの出来損ないの韓流アイドル気取り！　新人の裏オプ見逃そうとしたんだよ？　ありえなくない⁉　サク女は健全店だっつーの！　バカなんじゃないの⁉　それと服のセンス、クッソダサいし！　なんでいつも柄物のスーツなわけ⁉　やったらピチピチだし！　あと左利きでもないのに右手に腕時計してるのもありえない！　見栄張りすぎでキモ！　見て～って？　僕のカッコいい時計見て～って？　ガキか！　戦隊ヒーローのベルト巻いて見せびらかしてる子供と同レベルですね～！　おつで～す！　つーか無駄に馴れ馴れしい！　なんなの？　わざわざ待機所まで来てキャストに喋りかける必要ある？　自分が女の子とイチャつきたいだけっしょ？　見え見え！　下心見え見え！　それと話の内容つまんなすぎてマジで引くレベル！　──車イジるのにウン百万円かけちゃってさぁ～──は？　──知り合いに誰それっていう芸能人いるんだけどぉ～──はぁ？　──昔バンド組んでてCDも出したことあってぇ～──はぁぁ？　誰もお前の自慢話なんか聞いてねえっつーの！　心底！　どうでも！　いいっつぅーーーの！　……はぁ……はぁ……」

　どうやら一段落付いたようだ。

　ちなみにこの間の俺、相づちひとつすら打てていない。

「あ～、ムカつく～……！　なんでマコっちゃんも、よりによってあんなやつ……」

なおもブツブツ言いながら、明莉は缶を傾ける。

しかし中身はほとんど残っていなかったようで、ぶすっとした顔で空き缶をテーブルに置いた。

冷蔵庫にしまってある二本目に移るかと思いきや——明莉が興味を示したのは、俺の手元にあるものだった。

「広巳さん、それ、美味しいですか？」

「あぁ？　まぁ……」

「そ～なんだ。じゃあ——」

大方、いつぞやの居酒屋と同じように一口ねだってくるつもりだろう。

そう巡らせていた俺の予想を、しかし明莉は簡単に越えてきた。

「作って？」

「……なんて？」

「私にも、おんなじの作って♪」

「……冷蔵庫にあるやつ飲んどけよ」

「それがいいの～！」

子供みたいに駄々をこねる明莉。俺はついつい、本音をぽろりとこぼしてしまった。

「面倒くせぇ……」

「は？」

とろんとしていた目つきが、瞬時に刃物のような鋭さを帯びる。

その切っ先が向けられる先は、言うまでもなく俺だ。

「なんて言いました？　ねぇ？　今、面倒くさいって言いましたよね？　ねぇ？」

しまった……『面倒くさい』は明莉にとって最大の地雷ワード……踏めば爆殺必死のクレイモア……！

「ねぇ？　なんでそんなこと言うの？　おんなじの飲みたいって言っただけじゃないですか？　それだけで面倒くさくなるんです？　ねぇ？　ねぇ？　ねぇ？」

うわぁ……こいつ『ねぇ』でめっちゃ詰めてくるじゃん……。

「つ、作るから。すぐ作るから。な？」

居たたまれなさから逃げるように、俺はウイスキーの瓶を片手にキッチンへと向かった。

とはいえ、本当にコークハイを作るつもりはない。こんな状態の明莉にアルコール度数40%を飲ませたら、きっと大惨事に見舞われてしまうことは目に見えている。

念のため買っておいた二本目のゼロコーラを冷蔵庫から取り出し、氷をたっぷり入れたグラスにそれを注いでいく。

だがそうしている間にも、明莉から注がれる非難の眼差しがやむことはない。まるで怒っている猫のように、物言いたげなジト目をソファ越しに覗かせている。

――これは上手くフォローしないと大変なことになりそうだ……。

「まだ～？」

もしアルコールを抜いているのがバレたら、より一層の反感を買いかねない。なにか良い策はないものか――そう考えを巡らせた俺の脳裏に、ひとつのアイディアがパッと閃いた。

「――ほら、できたぞ」

頼む、これで機嫌を直してくれ……！

そう祈るように思いながら、起死回生のアイディアを乗せたコーラのグラスをテーブルまで持っていく。

気になる明莉の反応は――例えるなら、そう、以前ペット動画で見た、「激オコから『ちゅ～る』の一言で態度を豹変させる猫」のようであった。

「なにこれ～！」

驚きと興奮に見開かれる瞳。その向かう先にあるのは――黒と白の見事なコントラスト。

「アイスが乗ってる～！」

コーラにバニラアイスをトッピングした、いわゆるコークフロート。

以前大量に買い取った不良品のソフトクリームがまだ残っていたので、それを利用してみたわけだが……どうやら思った以上にウケは良かったらしい。

「クリームソーダみた〜い！　美味しそ〜！」

興味津々といった様子で目を輝かせる明莉。

スプーンを渡してやると、ソファから下りてカーペットに女の子座りし、前のめりになってクリームを突きだす。

「――⁉　シュワシュワでっ、甘くてっ、これ……好きっ！」

言葉遣いが原始的になるほどお気に召したらしい。

喜んでくれてなによりだと、俺は傍らでグラスを傾けながら安堵の息をこぼす。ひとまずこれで、失言による過失もチャラになっただろう。

「――っぷは〜！　うんまい〜！」

だがホッとしたのも束の間、ここで思わぬハプニングが勃発した。

「えっへへっへ♪　いいねぇ〜？　こういうんの、ねぇ〜？」

ふらふらと揺れる頭に、呂律が回っていない舌足らずな口調。

顔もすっかり紅潮しきっており、どう見ても完全に、べろんべろんの泥酔状態だ。

どうしてだ……アルコールは入れてないはずなのに……まさか、雰囲気で酔ったのか？

あるいは、プラシーボ効果というやつ？

なんにしても、やっかいなことに変わりはない。いっそのこと酔い潰れてくれればよかったものの、明莉は意識だけはハッキリと、俺に再度のウザ絡みを行ってくる。

「広巳さんもぉ、そ〜おもうよね〜？」

「あぁ？」

「お〜も〜う〜よ〜ねぇ〜？」

「そ、そうだな……」

「うん〜♪」

適当に相づちを打っただけなのに、明莉はいたく満足げな様子だ。

テーブルの上、自分の腕を枕代わりに突っ伏し——酩酊気分がそうさせるのだろう——うっとりとした眼差しをこちらに向けてくる。

「……なんだよ」

「ん〜？　見てるだけ〜♪」

往年の名ＣＭを彷彿させるようなことを言いながら、明莉はただただ静かに視線を送ってくる。

めったやたらに絡まれるのもやっかいだが、無言で見つめられるというのも、これはこれでプレッシャーを感じてしまう。

そろそろ切り上げるか。そう決めて、締めの一杯にワンショット、氷がまばらに残ったグラスにウイスキーを注ぐ。

しかしここで、最後の試練が俺を待ち構えていた。

「ウイスキぃ、好きですよねぇ～」

「まぁ……」

「それはぁ、なんて名前のお酒～？」

「これは……モンキーショルダーだな」

モンキーショルダー。数種類のモルト原酒をブレンドして造られた、スコットランド産のブレンデッドモルトウイスキーだ。

コーラ自体が甘いため、コークハイに使うウイスキーはスッキリとした味わいのバーボン――特にジャックダニエル――が主流ではあるが、砂糖不使用でドライなゼロコーラで作るとなると、少し物足りない感じがする。

そこで俺が目をつけたのが、このモンキーショルダーだ。バニラを思わせる豊かな甘みと、コーラのシャープな味わいを損なわせないクセのなさは、まさにゼロコークハイを作るのにおあつらえ向きだった。

「モンキー？　変な名前～」

確かに一風変わった名前だが、しかしそこにはちゃんとした由来がある。

詳しい説明は割愛するが――この銘柄は製造の工程で、大麦麦芽を撹拌させる重要な作業を、シャベルを使った手作業で行っているらしい。

それがあまりにも重労働らしく、携わった職人たちが肩を痛めて猿のように姿勢を悪くしてしまうことから、彼らへの敬意を込めて『猿みたいな肩』――モンキーショルダーと名付けられたわけだ。

「ふぅ～ん」

せっかく説明してやっても明莉は興味なさそうな様子で、ボトルのラベルを見るともなく眺めている。

ちなみにボトルの右上――肩の部分には、この銘柄の象徴とも呼ぶべき三匹の猿が意匠として施されている。なぜ三匹なのかといったら、使用している原酒の種類が三つであることがその由来らしい。

気が利いているにも程がある。味のクオリティもさることながら、デザインのセンスも一級品なんて、いちウイスキー好きとして感服せずにいられない。

だが、

「――あははっ！　なにこれ～！」

愛好家ではない者にとっては、どうやらその限りでもないらしい。

「猿がっ、猿が交尾してるっ！　三匹でっ、猿がっ、３Ｐでっ……ぶっふふ！」

腹を抱えて笑い出す明莉。三匹の猿が重なった意匠は、確かに見ようによっては……その、そういう風に見えなくもない。

「ウケる～！　写真とろ～！」

　明莉はスマホのカメラで写真を撮影しようとするが、覚束ない手元じゃどうも上手くいかない様子だ。

「なにやってんだよ……貸してみ」

　代わりに写真を取ってスマホを返してやると、元から笑顔だった明莉の表情にさらなる喜色が差した。

「優しい♪　ありがとぉ♪」

「……バカ、いい加減はしゃぎすぎだ」

　もうお開きにするぞ。そう言って俺はグラスの中身を飲み干し、片付けに取りかかる。しかし――

「ウッキ〜♪」

　背後から不意に抱きつかれてしまい、後片付けの手を止めざるを得なくなってしまった。

　察するに、モンキーショルダーのデザインを真似ての悪戯だろうが……脈絡がなさすぎて戸惑いしか感じない。

「邪魔だっつの……」

「ウッキキッ♪」

　しばらく待ってみても、向こうから離れてくれる気配はない。それどころかますます密着を強め、背中にぐりぐりと頬ずりまでしてくる。

「ふふ。背中、おっきいね？」

「っ……」

ゾクリと、体の奥の方でなにかが蠢く。

ダメだ。具体的になにがとはいえないが、とにかくこれはダメだ。

「不思議～。こうしてると、なんだか時間がゆっく～りに感じるの。なんでだろ？」

「いや、意味わかんねぇから……てか、こういうのは困るって、前に言っただろ」

無理矢理引き剝がそうとするが、女の子の細腕相手じゃ逆にやりづらく、なかなか思うようにいってくれない。

なにより、明莉の態度は強情だった。

「そういうんじゃない～」

「はぁ？」

「そういうんじゃないの～。わかるでしょ～？」

わかんねえよ。そう吐き捨ててもがくも、抱きつきによる拘束はますます締めつけを強くしていく。

「わかんない？　本当にわかんない？」

「だから……なんなんだよ！」

「……バ～カ」

気のせいか、少しだけ冷静になった口調で明莉が呟く。

「女にも性欲あるって、そういう話ですぅ――」

「⁉」

それは、つまり。これは、なんだ。

悪戯とか、ハニトラとか、そういうんじゃなく？

つまり、言うなれば、いわゆる、広義としての？

モンキーで、ショルダーな、サムシングということに――？

追い詰められすぎていよいよ脳みそがバグり始めたタイミングで――フッと拘束の力が弱まった。

腰をひねって背後を見る。するとそこには――

「……ｚｚｚ」

赤ら顔をふにゃふにゃにしながら、幸せそうに眠りこける、隙だらけの寝顔が。

「…………」

いや、別に、残念とか、生殺しかよとか、そういう意味での沈黙ではなくて。

「……はぁ」

……どうしても悶々とした気持ちを募らせてしまうのは、きっとモンキーショルダーを飲み過ぎたせいだと、くだらないジョークを言い訳にしておく。

階段の踊り場で立ち止まり、飲みさしのペットボトルをバッグから取り出す。

辺りに人目はなく、唇にはリップコートも塗ってあるので、直飲みすることに抵抗はない。

ごくごくと喉を鳴らして、少し温くなってしまったスポドリを体に流し込む。

「……はぁ～」

染み渡る甘塩っぱさに心地良さを感じたのも束の間、おでこを中心に鈍い頭痛がぶり返してきて、私は今日で何度目かもわからない溜め息をついた。

体はダルいし、若干吐き気も感じるし……完全に二日酔いの症状だ。普段ならお酒なんて好き好んで飲まないのに、昨夜はめずらしく悪酔いしてしまった。

昨日の自分を叱ってやりたい気分。ていうか、やっぱり仕事を休むべきだったかも。こんな状態じゃまともな接客なんてできる気がしない……。

ともあれ、いまさらなにを言ったところで始まらない。ここはちゃっちゃと出勤し、待機室で横になって少しでも回復を図ろう。

そう決めた私は、倦怠感で鉛みたいになった体を引きずって職場へと向かった。

しかし――

「うぃ～す」

受付の中にいる人物から発せられた気軽な挨拶に、足止めを余儀なくされてしまう。

「……なにしてんの」

我ながら不機嫌丸出しな声にも、相手の方――れなは特に気にした風でもなく、スマホ片手に生返事を返してくる。

「受付ちゅ～」

「……マコっちゃんは？」

「非番じゃね？　しらんけど」

「…………」

責任者が急用で不在の場合、キャストが代わりに受付をこなすケースは稀にある。

だから、この状況におかしな部分はない。おかしな部分はないけど、しかし疑問は残る。

だって、現状サク女には、責任者の代わりになれるスタッフがいるのだから。

「……九条さんもいないの？」

「いるよ」

じゃあなんで、と質問するまでもなく、れながざっくばらんに教えてくれた。

「なんかダルいから受付代わってくれって」

「はぁ？」

なんだその理由。いい加減にも程がある。

「なにそれ。断りなよ、バカバカしい」

「別に〜？　時給つけてくれるっつ〜し。むしろ座ってるだけで稼げてウマっ！　って感じ？」

そう言ってれなは、派手な見てくれとは裏腹に人懐っこく笑ってみせる。

「……なら、別にいいけど」

なんだか毒気を抜かれてしまった私は、嘆息を別れの挨拶に、この場を立ち去ることにした。

「あ、ちょい待って」

「なに？」

呼び止める声に振り向くと、れなが背後、事務所へと続く扉を親指で示しながら言う。

「忘れてたわ。一輝君からあんたへの伝言。話があるから、出勤したら事務所まで来るようにって」

「………………」

心の中に芽生えた嫌な予感は、十中八九的中すると思う。

なぜなら、呼び出される理由に心当たりがあったから。

「……わかった。ありがと」

一言礼を述べてから、私は事務所へと足を向ける。

そうして扉を開けると——以前のような異臭は漂ってこなかった代わりに、耳障りな音が聞こえてきて、私はたまらず顔をしかめた。

「～♫」

弾き語り、ってやつだろうか。足を組んだ姿勢で椅子に座る九条さんが、ギターを爪弾きながら歌を歌っている。

音楽には詳しくないので、ギターの腕前についてはなんとも言えないけど、歌に関しては……ぶっちゃけ、いまいちだ。

決してヘタなわけじゃない。ただ、日本語の歌詞なのにやたら英語の発音っぽく歌ったり、かと思えば英語の歌詞を日本語の発音っぽく歌ったり——気取っているのに様になっていない感じが、ただひたすらに痛々しい。

「わ、わー。うまーい」『プロになれるんじゃないですか～？』

やがて演奏が終わり、観客のキャスト二名が九条さんをほめそやす。その棒読み気味な台詞といい、本心が滲み出た苦笑いといい、明らかに無理矢理付き合わされているのがわかった。

「はは、プロかぁ。それも悪くないかもね。でも僕の音楽性って、今の流行とは外れてるし？　大衆にはちょっと伝わらないんじゃないかな？」

「そ、そーなんだー」

「ほら、僕にとって音楽はアートだからさ。商業主義に支配されてる今の音楽業界じゃ、どうしても異端児扱いされちゃうんだよね」

「へ、へぇ～」

「受け入れられないのは承知だけど、僕は自分の音楽を曲げるつもりはないね。金や名誉のために魂を売ってちゃ、本物のアーティストは名乗れないよ。例えば最近売れてるあのバンド――」

「「………」」

完全に呆れ返った様子で、言葉を失う二人の同僚。

わかる、わかるよ。オナニープレイから「僕特別なんです」アピールを挟んでからの嫉妬丸出し流行批判だもんね。それで白けない方がおかしいよ。

「――おはようございまーす」

不憫な二人に助け船を出す気持ちで、私は気持ち大きな声で挨拶する。

「話があるって聞きましたけど、なにか用でした？」

言いながら、同僚二人に「行っていいよ」と目配せする。二人は心底ホッとした表情を浮かべ、そそくさと事務所から出て行った。

「――やぁ」

私の姿を認めた九条さんの目つきが、一瞬、爬虫類を思わせる感情の失せたものになる。

でも次の瞬間には元に戻り、相変わらずの軽薄な調子で二の句を継いだ。

「あゆみちゃ～ん、酷いよ～。この前のこと、オーナーにチクったでしょ～」

この前のこと――れなが裏オプしようとしていた一件のことだ。

あの後、マコっちゃんに一部始終を報告しておいたので、きっと厳重注意がなされたに違いない。普段は温厚な人だけど、そこは曲がりなりにも風俗経営者、マコっちゃんはキレたら怖いのだ。

ただ、九条さんとしては納得できていないんだろう。そこで密告者の私を呼び出し、不満をぶつけようという、そういう魂胆か。

「お互い干渉しないでいこうって約束したのにさ～。どうして言っちゃうかな～？」

「そんな約束した覚えないです」

冷ややかに言い返してやると、それに呼応するように九条さんの声色にも険が帯びる。

「あゆみちゃんってさー、割に面倒くさい性格してるよね」

「…………」

「なんでそんなに良い子ちゃんぶるわけ？　点数稼ぎ？」

「違います」

きっぱり否定するも、九条さんは勝手な想像で話を進める。

「媚び売るなら相手選んだ方がいいよ～？　僕、近いうちにここの店長になる予定だからさ」

知ったことか。二日酔いで気分が悪いことも手伝って、私は半ば自棄になってやり返す。

「それなら、なおさらお店のルールは守るべきじゃないですか」

「ルール……ルールねぇ」

「……なんですか」

「いや。それいうなら、君の方がよっぽどルール違反でしょ」

嫌みったらしい笑みを浮かべながら、九条さんがねちっこく指摘してくる。

「オーナーから聞いたけど、君、お客さんと付き合ってるんだって？」

「……元お客さんです。それのどこがルール違反なんですか？　恋愛禁止の決まり、サク女にはないですよね」

「いやいやいやいや。常識的に考えてありえないでしょ」

すっかり得意になった九条さんは、大きな身振りと一緒に言い募ってくる。

「その人が店に来なくなった分、売り上げは下がってるんだよ？　お店に迷惑じゃん。少し頭使って考えたらわかるよね？」

「それは……」

その言い分には一理あるので、声高に反論することもできない。

口をつぐむ私に論破の手応えを感じたのか、九条さんは嗜虐的に唇を歪め、倍返しだと言わんばかりの勢いで嫌みを言ってくる。

「つ～かさ、こんなとこにやってくるお客相手によく平気で恋愛できるよね。なに？　相手、金持ちだったの？」

……我慢。我慢だ私。

「ちゃんと猫被り続けた方がいいよ～。どうせ相手の方も、君のガワしか見てないんだから」

……好きに言わせておけばいい。どうせ気持ち良くなりたいだけなんだから。

「ま、男の方も男の方だよね。リフレ嬢にガチで惚れるって。――はっ。どうせ金ばらまかないと女が寄ってこない、しょうもない男なんだろうね。カワイソ」

……あ、無理。

敵だわ、こいつ。

「……あはは、そーですねー。――あっ、でもでも、もっと可哀想なのは、むしろ九条さんの方かもー？」

やめなよ、と制止をかけてくる理性を振り切って、私の感情は牙を剝いた。

「は？　なんで？」

「だって私の彼氏さん、九条さんより先にサク女の店長候補として誘われてるんですよねー。昼間にちゃんと仕事持ってる人なんでお断りしましたけど」

「…………」

「私の彼氏に断られた後、マコっちゃんは九条さんに話を持ちかけたわけですよね。つまりこれって――少し頭使って考えたら、わかりますよね？」

本命に振られた後の妥協案。つまりあなたは二番手なんですよと。

自意識過剰なこの人のことだ、この事実はショックに違いない。

皮肉たっぷりに、私はとどめを刺す。

「ドンマイで～す！　でもお仕事あるだけいいですよね。叶（かな）う見込みのない夢追っかけてるだけじゃ食ってけないですし」

「……君、さぁ……」

今にも青筋立てて怒り出しそうな相手を無視して、私は軽快に身を翻（ひるがえ）す。

「じゃっ、シフト入りま～す。今日も一日よろしくお願いしま～す」

鬱憤をぶちまけたおかげか、二日酔いの症状も少し和（やわ）らいだ感じがする。

まったく溜飲（りゅういん）が下がる思いだけど――これが後の禍根（かこん）になることを思えば、ここで感情的になってしまったのは、やっぱり私の失態だったんだろう。

人生ってやつは、どこまでもままならないものだった。

五章　暗雲

episode 05

俺も大概お人好しだが、この人に比べたら足元にも及ばない。

いや、確固とした理念に基づいて活動している相手に、お人好しなんて言い方は失礼か。

なんにしても、よくやるもんだなぁと、そう素直に感心してしまう。

「この度は本当に、ご迷惑をお掛けしてしまって……」

夕方のピークタイムで賑わう店内の喧噪が、うっすらと聞こえてくる事務所の中。

数日前の光景を再現するように、自称・お節介焼きおばさんこと斉藤千秋さんが、謝罪の言葉と一緒に頭を下げた。

こうも深く謝られた上に、菓子折まで持参されては、逆にこっちが恐縮してしまう。思わず椅子から腰を浮かしそうになるが、それも変だなと思い直し、俺は努めてフランクに応対する。

「迷惑だなんて、そんなそんな。むしろこっちの方が申し訳ないです、お詫びの品までいただいちゃって」

「心ばかりの品ですが……。よかったら従業員のみなさんで召し上がってください」

「はい、そうさせてもらいます」

形式通りにやり取りを交わし、話はこれで済んだ――のだが。

ふと浮かんだ興味に、俺は自然と口を開いていた。

「あの、ひとつお尋ねしてもいいですか？」

「はい？」

「斉藤さんは、どうしてこういった活動を――どうして、無償でここまでのことができるんですか？」

「………………」

突然の質問に怪訝そうな顔を作ってみせる斉藤さんだったが、

「……ボランティアではないので、無償というわけでもないんですけど」

そう前置きしてから、きちんと答えを返してくれた。

「気付いてしまったから、でしょうか」

「……気付いてしまった？」

なにに、と問うまでもなく、斉藤さんは言葉を続ける。

「居場所をなくしてしまった子たちの存在に――家庭だとか、学校だとか、そういう、本来なら当たり前にいられるべき場所に、いられなくなってしまった子たちが世の中にいるって、気付いてしまったからです」

「…………」

「気付いてしまったら、もう、無視はできないです」

「……なるほど」

気付いてしまったら、無視できない。

その答えは、これ以上ないくらいに理解できた。

そして、それ以上に——共感できた。

「もしかして店長さん、NPOの活動に興味おありですか?」

「え? いや、そういうわけじゃ……」

「これから街に出て声かけパトロールするつもりなんですけど、よろしかったらご一緒します?」

「いえ、あの、すみません……。この後予定が入っていまして……」

予定があるのは事実だが、必死に言い訳するとどうにも嘘っぽく聞こえる。

しかし斉藤さんも本気ではなかったようで、口元を押さえて上品に笑いながら、「冗談ですよ」と言ってみせた。

「それでは、失礼させていただきます。お時間を割いていただきありがとうございました」

最後に折り目正しく一礼し、事務所から出て行く斉藤さん。

その姿を見送ってから、俺はひとつ溜め息をついた。

考え方に共感はできても、自発的にアクションを起こしていけるだけの行動力は、残念ながら俺にはない。

情けない話だが——だからこそ、彼女のような存在が世の中には必要だとも思える。

「……寄付でもするか」

そう心に決めた俺は、とりあえずこの後に迫った予定のためにも、まずは事務仕事から片付けることにした。


いくつかの商品をレジカウンターに乗せると、童顔に派手なメイクを施（ほどこ）したギャル店員——篠田（しのだ）が、値段を読み上げもせず雑にバーコードをスキャンしていく。

俺相手だからいいものの、これをお客さん相手にやってもらうわけにはいかない。原因はわかっているので、ここはきちんとフォローを入れておこう。

「先月参加したんだからいいだろ」

今日は月一で開催している、杉浦（すぎうら）さんの慰労を目的にした飲み会の日。

シフトの都合上、今回篠田は店に留守番なのだが、本人としては納得できていないらしい。

仏頂面（ぶっちょうづら）を隠しもせず不平を呟（つぶや）いてみせる。

「そ～ですけどぉ～……」

「また今度誘ってやるから。な？」

「はぁ～い……」

不承不承返事をする篠田に、俺は苦笑しながら千円札を渡す。

四百円ばかりのお釣りが返ってくるが、俺はこれを受け取らず、篠田に小遣いとして与えてやることにした。

「やるよ。帰りにアイスでも買いな」

「え！　やったぁ、ありがとうございます～！」

曇った表情が一気に晴れる。たった数百円の施しで機嫌が取れるんだから、相変わらずチョロ――素直なやつだ。

「じゃ、頼むな」

最後に一声かけて、俺は店を出る。

そうして辺りを窺うと、犬走りの端っこで談笑する同行者二名の姿が。

「お待たせしました」

その一言と一緒に、俺は先ほど購入したばかりのウコンドリンクをそれぞれに手渡す。

「お、さんきゅ～。気が利くじゃん～」

そう言うと、同行者の片方――寺本さんは笑顔で続けた。

「篠田ちゃん、ぶうたれてた？」

流石はパートリーダー、手間のかかる子の気持ちはお察しというわけらしい。

「まぁ。小遣いやってなだめといたんで、たぶん大丈夫です」

「あははっ。店長もだいぶ女の扱いうまくなってきたね～」

「女って……」

どうにも受け入れがたい賞賛の言葉だ。できれば『従業員の扱い』と訂正してほしいところである。

「全然そんなんじゃないっすよ」

「え～、そんなことないよ～。ね、杉浦ちゃん？」

「えっ？　ど、どうでしょうか？」

同意を求められた杉浦さんが、言葉に窮して狼狽える。

……あれ？　もしかして俺って、従業員から見たら軟派な店長なのか……？

軽く疑心暗鬼に襲われていたところ、程なくして迎えのタクシーがやってきた。

「さ、行きましょうか」

気を取り直し、俺は車内に乗り込んだ。

助手席に座るつもりだったが、寺本さんに先んじて座られてしまい、後部座席で杉浦さんと肩を並ばせる。

「――でも、車移動なんてめずらしいね」

緩やかに動き出したタクシー、その車内で始まる会話の中心は、もちろん寺本さんだ。

「いつも徒歩圏内の店ばっかなのに。今日はどうしたの？」

「たまには別の店もいいかなって。刺身の美味いとこ見つけたんですよ」

今回俺が選んだ店は、以前桜田さんに連れて行ってもらった、例の刺身が美味い個室居酒屋だった。

「ほっほぉ～？」

寺本さんが興味深げに呟く。しかしその向かうところは、店のチョイスではなかったみたいだ。

「そこには誰と行ったのかな～？」

寺本さんが言わんとしていることは察しがつく。俺は努めて平静に返した。

「普通に連れとですけど」

「ふぅん？」

前方からチクチクと突き刺さる疑いの視線。これ以上の追及を避けるためにも、俺は話題の転換を企てることにした。

「なんか良い匂いがするな。香水つけてます？」

「私はつけてないよ～。杉浦ちゃんかな？」

俺と寺本さん二人分の視線に、杉浦さんは恐縮したように名乗り出る。

「あ、はい。香水じゃなくて、ボディミストですけど……」

「へぇ〜。どこのやつ？」

興味を示す寺本さん。しめしめ、思惑通りの展開だ。

「えっと――」

杉浦さんがブランド名を答える。香水とボディミストの違いすらわからない俺には聞き慣れない名前だったが、どうやら寺本さんには通じたようで、パッと会話に花が咲いた。

「あ、それ知ってる〜！　恋コスメのやつでしょ？」

「えっ、あっ、……そ、そうだと、思います」

「今すごい人気あるよね〜。うちの娘、高校生だけど、同じの使ってるよ！」

「そ、そうなんですね」

一人会話から置いてきぼりを食らっていると、寺本さんが気を遣って話を振ってくれた。

「店長、知ってる？　恋コスメ」

「いや、初耳ですね」

「使うだけで恋を叶(かな)えてくれるコスメのことだよ〜」

なるほど。恋を叶えてくれるコスメ、略して恋コスメと。

「媚薬(びやく)でも入ってるんですか？」

「あはは！　そんなわけないじゃん～！　おまじないだよ、おまじない」

「あぁ、そういうこと……」

　さながら化粧品版・恋愛成就のお守りといったところか。こういうスピリチュアル系のやつ、女の人はほんとに好きよな。

「杉浦ちゃ～ん、叶えたい恋でもあるの～？」

「ち、ちちちっ、ちがましっ！」

　イジられてあたふたする杉浦さん。おそらく「違いますし」を盛大に噛んだと思われる。

「し、知らずに買ったんですっ、本当ですっ」

　杉浦さんの必死な言い訳にも、しかし寺本さんは取り合わない。圧倒的な主導権を発揮し、会話をどんどん自分のペースで進めていく。

「ていうかさ～、杉浦ちゃん、もっとオシャレしてくればよかったのに～」

　その言葉に釣られて、俺はついつい杉浦さんの服装に目をやってしまう。

　普段と変わりのない、シャツとジーンズのカジュアルコーディネート。地味といえば地味だが、職場の飲み会に参加する分には問題ないと思われる。

　しかし寺本さんの指摘には、どうやらそれなりの理由が含まれているようだった。

「せっかく色々試してたのにさ。もったいないよ～」

「て、寺本さん！　その話は……っ！」

自重を求める杉浦さんの訴えに——無念、慈悲は与えられなかった。

「へへ～。実は前からちょくちょく、杉浦ちゃんから相談されててね。今日も——ほら」

そう言って寺本さんはスマホを操作し、俺に見えるよう差し出してくる。

ＬＩＮＥのトーク画面、のようだ。やり取りの内容を一見すると、どうやらファッションに関する相談のようで、杉浦さんの熱心な質問に、その都度寺本さんが助言を与えている。

「ほらこれ、見て見て」

「や、やめてください……！」

微笑ましい乙女の恥じらいは——やがて寺本さんが拡大表示してみせた一枚の画像によって、いよいよ頂点に達する。

「あああ！　み、見ないでえええ！」

顔から足下までばっちり収めた、杉浦さんの全身写真。スマホを胸の前で構えているのを見るに、おそらく姿見に映した姿を自撮りしているのだろう。

控えめにフリルがあしらわれたブラウスを着用し、くるぶしまであるロング丈のスカートをはいた姿は、これまでのカジュアルなイメージをくつがえすのに十分で、眼鏡をかけていないことも手伝ってまるで別人のような印象だ。

「どう？　可愛くない？」

「そっすね」

お世辞でもなんでもなく似合っていたので、俺は素直に同意した。しかし、

「ちょっと店長～。こういうときはハッキリ言ってあげなきゃだよ～？」

言い直しを要求されてしまう。無論、俺は寺本さんにペコペコなので拒否はできない。

「か、可愛いと思います」

「聞いた～？　可愛いって～！」

わざわざ繰り返されると、どうにもむず痒い感じがする。

だがより重症なのは、それを聞かされた本人の方だった。

「うぅ……恥ずか死ぬぅ……」

顔を両手で覆い隠し、項垂れるばかりの杉浦さん。隠しきれない耳元に浮かぶ赤みが、その心情を雄弁に物語っている。

こうなるといよいよ気の毒になってくるが――元レディースの烈女には、そのような慈悲などなかったようだ。

「他にもあるよ～。ほら、これとか結構エロくて良い感じ――」

「ほんとにやめてえぇえ！」

――そのとき、ささやかな奇跡が起こった。

「ひゃ!?」

ついに我慢の限界を迎えた杉浦さんが、暴挙を阻止すべく身を乗り出した――その瞬間。

タクシーがカーブを曲がるため絶妙なタイミングでハンドルを切り、彼女の体に予想外の加速を与えた。

勢いのついた杉浦さんの体は、そのまま慣性に従って倒れ込み――咄嗟の判断だったのだろう、側にあった丁度良い物体にしがみついた。

「…………」

「…………」

しがみつかれた丁度良い物体の方、もとい俺の方もまた、反射的に抱き留めようと腕を伸ばしており、その結果――熱い抱擁を交わす一組の男女が誕生してしまった。

「ご、ごごごごめんなさいっ！」

「い、いや……」

すぐにお互い離れるが、なんとも言い難い微妙な空気が車内に流れる。

「うふふ。私、ここで下りよっか？」

「……寺本さん、いい加減にしてください」

セクハラ紛いの言動を厳しく注意しながらも、俺は頭の中で先ほどの出来事を反芻してしまう。

……一瞬だったが……スゴかったな……。

服越しだっていうのに、思わず「間にもうひとり、誰か挟まってない!?」と錯覚してしまうぐらいのボリュームだった……。

今まで特に意識してこなかったけど、やっぱり杉浦さんって……い、いかん、視線が勝手に横向こうとする……！

落ち着け自分と、高ぶる気分を沈めるべく、鼻を使っての深呼吸を試みる。しかし、

「…………っ」

お風呂上がりを疑わせるほど芳しいボディミストの香りを深く吸い込む結果となり、むしろ逆効果。胸の鼓動はますますテンポを速めてしまう。

……なるほど。どうやら恋コスメの効能は、あながちスピリチュアルなものだけでもないらしい。

こいつは評判にもなるわけだと、俺はこっそり、心の中で得心するのであった。


もしかしたら、女にとって『弱さ』とは美徳なのかもしれない。

だって、今までの人生で『強さ』を発揮した結果、私にもたらされたのは失敗や挫折ばかりだったから。

出る杭は打たれる。どうしても男性優位な社会の中で、女という身分ならなおさら。

少なくとも、負けん気の強さが敵を作ってしまうことだけは間違いない――待機室の隅っこでひとりぽつねんと、私はそんなことをつらつら考えてしまう。

「……はぁ」

仕事帰りの客を見込める、平日夜の時間帯。だけど客は一向につく気配がなく、ただ無為に過ぎていくだけの時間に溜め息だけが積み重なる。

閑古鳥が鳴いている、わけじゃない。キャストの出入りを見ている限り、客足は普段と変わりないだろう。

じゃあなんで私だけがお茶を挽いているのかと言えば――理由は明白、干されているからだ。

お店に属するキャストとして働く限り、客がつくかどうかは結局スタッフの采配次第。信頼されていれば優先して客を回してもらえるだろうし、その逆もまた然り。

マコっちゃんからは信頼されていた私だけど、最近になって店長代理の立場になった九条さんとは相性が悪く、先日は口喧嘩まで演じてしまった。

マコっちゃんと違って、どうにも小物臭い九条さんのことだ。きっとあのときのことを根に持っているに違いない。

マコっちゃんが休みで、九条さんが店を回している今、ちっとも客をつけてもらえないこの状況は、おそらく彼なりの意趣返しなんだろう。

まったく幼稚でバカバカしいけど、感情的になってボロクソ言ってしまった私も迂闊だったので、そこは反省しなきゃだ。

謝って迎合するか、それとも、またマコっちゃんにチクって徹底的にやり合うか。――どちらにしても、今日はこれ以上お店にいても埒が明かない。

今夜は広巳さんが飲み会で遅くなることもあり、閉店まで粘るつもりでいたけど、ここは大人しく帰ることにしよう。

そう決めた私は、着替えを済ましてから受付へと向かい、九条さんに売り上げの精算を申し出た。

「……精算お願いします」

どうしても硬くなってしまう私の態度とは裏腹に、九条さんの態度はいつも通り――いや、いつも以上に軽薄だった。

「あっれ～？　もう上がるの？　早くない？」

「…………」

白々しい台詞に苛立ちが募る。それでも私は努めて口をつぐんだ。

「ま、いいけど」

趣味の悪い指輪やチェーンブレスレットでごてごてに飾られた手元が、封筒にお金を納めていく。回転に数回入っただけなので、金額はたかが知れていた。

「はい、ど～ぞ！」

「……どうも」

私が早上がりすることを逃げと解釈したのか、九条さんはご機嫌な様子だ。受け取った封筒の中身を確かめていると、とりとめのない話を振ってくる。

「そういえばあゆみちゃんって、昔は髪染めてたよね」

「……それがなんですか？」

「いや？　ちょっと思い出しただけ」

そう言いながら九条さんは、手元にある数枚のチェキに視線を巡らす。整理でもしているのか、あるいは好みのキャストでも物色しているのか。どちらにしろ興味はなかった。

「……お疲れ様です」

「はい、お疲れ様～。――帰り道、気を付けてね？」

上っ面だけの言葉に見送られ、私は職場を後にした。

雑居ビルの外に出て、道行く人の流れに紛れ込む。ここのところ連日雨が続いていたけれど、今日はめずらしく晴れていて、心なしか繁華街も人足が多い。

「…………」

気分的な問題だとはわかっているけど、賑々しい雰囲気がどうにも気に障る。そんな気持ちを誤魔化すように、私は歩調を緩めてスマホを握った。

ＬＩＮＥのアプリを立ち上げ、表示されているアカウントの中から広巳さんのそれを選択。開いたトーク画面に、ろくに考えないまま文面を打ち込んでいく。

『しごおわ～。飲み会ってこの前の居酒屋でやってるの？　私も行っていい？ｗｗｗ』


送信ボタンは、押さなかった。押せるわけがなかった。

どの口が言うんだ。あつかましいにも程がある。

一緒に住まわせてもらってるだけでもありがたいのに、さらにプライベートにまで踏み込もうとするなんて、いくらなんでもワガママが過ぎる。

元彼との一件で広巳さんにはただでさえ迷惑をかけてしまったのだから、これ以上なにかを求めるのはお門違いもいいところだ。

いくら優しい人だからって、なにもかも頼り切っちゃいけない。甘えてばかりいたら、きっと私は広巳さんに依存（いぞん）してしまう。

それじゃダメだ。そんなものを、私は幸福だとは認めない。

本物の幸せは、他人から与えられるようなものじゃないはずだ。それを証明するためにも、私は真に自立した人間にならなきゃいけない。

人の助けを借りなきゃどうにもならない人生なんて、そんなの、惨（みじ）めなだけじゃないか。

「…………」

打ち込んだ文面を消去して、私はスマホをバッグにしまった。

このまま帰っても余計に悶々（もんもん）するだけなのは目に見えている。ここはカラオケにでも寄って、大声と一緒に鬱憤（うっぷん）をぶちまけるのが得策だ。

そうと決め、緩めていた歩調を元に戻したところで――しかし、私は悟る。

残念だけど、どうやらカラオケにはいけそうもない。

どうかすると、家にすら帰れない可能性もある。

ならどこに向かうのか？　それは私じゃなく――

「――きゃ⁉」

――背後から私の肩を突然引（ひ）っ摑（つか）んできた、この無作法な輩（やから）の方に聞いてほしい。

骨張った手が、急に肩をガッと摑んでくる。

その強引（ごういん）な手付きに込められるのは、絶対に逃がさんぞという決意か、それとも――

「堂本（どうもと）さぁん、やっぱりうちで働きましょうよぉ～」

――救いを求める願いだろうか。

どちらにしても勘弁してくれと、居酒屋のカウンター席で隣り合って座る顔見知りに、俺は苦笑と一緒に首を振った。

「いやいや……」

端（はな）から期待していなかったのか、肩を摑んでいた手はすぐに離れていき、その代わりというようにカウンター上、明るい琥珀（こはく）色の液体が注（そそ）がれたグラスを摑んでみせる。

そうして『山崎（やまざき）』をちびちびやる顔見知りの男性——桜田さんの横顔を見つめながら、俺は小さく嘆息（たんそく）した。

飲み会で訪れた居酒屋でばったり出くわし、一杯だけと付き合っていたが——どうにも愚痴ばかりで埒が明かない。

とはいえ鬱憤は吐き出さないと心身に毒だ。この前はご馳走（ちそう）にもなったことだし、話の聞き手を務めるぐらいやぶさかではなかった。

「そんなにダメなんですか？　そいつ」

話を聞くところによると、どうやらサク女に新しく雇（やと）ったスタッフが悩みの種になっているらしい。

水を向けると、桜田さんは生き生きとした調子で語りだした。

「経験者だから要領はいいんですよ！　いちいち仕事教えなくていいんで、そこは評価してる。——ただ、それだけに本人、やたらプライドが高くて……そこが本当に扱いづらいったらありゃしない！」

「なるほど。わかります」

「自分流のやり方を持ってるのは大いに結構なんですけど、最低限お店のルールは守ってもらわなくちゃ……あくまで雇われてる立場なんだし」

「即戦力だけど育てづらいタイプですね」

合いの手を入れると、桜田さんが我が意を得たりと声を弾ませた。

「そうそう！　まさにそれ！」

「はは、コンビニ業でも同じですよ」

「そうなんですか？」

「ええ。経験者って、仕事を教える手間がなくて楽なんですけど、前の店で培ったスキルとかルールに縛られてることが多くて。こっちの色に染め直すのが存外面倒なんですよね」

経験があるのに越したことはないが、それで意固地になってしまったら世話がない。ぶっちゃけ俺個人の意見としては、まったくの未経験者の堂本さんの方が安心して雇えるくらいだ。

「なるほど……。それならやっぱり、未経験者の堂本さんの方が適任という話に……」

「それは勘弁してくださいって……」

苦笑しながら、奢ってもらった『山崎』をストレートで一献傾ける。濃厚な甘みとなめらかな口当たりが織りなす味わいは極上の一言で、芳醇という表現がこれほど似合う銘柄は他にない。

「ま、辛抱強く躾けていくしかないんじゃないですか？」

「躾けてどうにかなればいいんですけどねぇ……」

期待感ゼロ、といった様子の桜田さん。酔いが回っているせいか、その口ぶりは完全に素だ。

「夜の仕事じゃ見栄張ることも必要だけど、上辺だけじゃ結局ね。成り上がっていけんのですわ」

「明莉も愚痴ってましたよ。見栄張りすぎでキモいとか」

「はは、キモいか。まぁそう言われてもしょうがないかな――偽名使ってるぐらいだし」

不意に桜田さんが口走った一言に、俺は驚きを隠せなかった。

「え、偽名って？」

「あいつ、普段から偽名使って生活してるんですよ」

「な、なぜ……？」

「見栄張っとるんでしょうな。だってあいつの本名、九条一輝じゃなくて、本当は――」

「――ええ……」

「他にもね――」

決して趣味が良いとはいえないが、なんだかんだで人の悪口は酒の肴にもってこいだ。

暴露された秘密の数々にひとしきり盛り上がってから、俺は頃合いを見計らい席を立つことにした。

「すみません。連れがいるんで、そろそろ」

「あぁ！　すみません長々と」

「いえいえ。良かったら今度、また飲みにでも行きましょう」

「ええ、ぜひ！」

そうしてわずかに残っていたグラスの中身を飲み干し、俺は本来の席である個室へと戻った。


ちょっとのつもりが、思いのほか長話になってしまった。

てっきり寺本さんから「遅～い！」と責められる覚悟をしていたが――どうやら杞憂で済んだようだ。

「あれ？　寺本さんは？」

個室に戻ると、そこにいたのは杉浦さんだけだった。なにやらお手拭き片手に、ビールの注がれたグラスを丹念に拭っている。

「あ、お手洗いにいってます」

「そっか」

言いながら、俺は自分の席に腰を落とす。

するとそこに、対面に座る杉浦さんが「どうぞ」の一言と一緒に、手に持っていたグラスを差し出してきた。

「あぁ、水滴拭いてくれたのか。悪いね、ありがと」

「い、いえ……」

受け取ったグラスを傾ける。しかし水滴が浮くほど放置されていたビールは当然温くなっており、お世辞にも美味しいとはいえない。

これはとっとと空にして、新しいのを注文しよう。そう決めた俺は、残っていた中身を一息に飲み干した。

「──ぬっる……」

「ふふ。お代わり注文しますか？」

げっぷを我慢しながら頷くと、杉浦さんが笑いを噛み殺しながら呼び出しボタンを押してくれた。すぐに店員さんがやって来る。

「生ひとつと──杉浦さんは？」

「あ、じゃあ……ジンジャーエールお願いします」

ほどなくして揃った新しい飲み物を手に、俺は言った。

「悪いね、長い間外しちゃって」

「いえいえ」

「それじゃ、仕切り直しということで」

乾杯。合わさったグラスが、コツンと小気味良い音を鳴らした。

「しかし杉浦さんはよく気が付くよな」

「そ、そうですか？」

「じゃなかったら他人のグラスの水滴とか気にしないでしょ」

「べ、別に普通ですよ……」

口では謙遜（けんそん）しているものの、伏し目がちなその表情からは喜色がにじみ出ている。

照れ隠しのように両手でグラスを深く傾ける姿が微笑ましい。――しかしひとつ気がかりなことがあり、俺は何げなしに言及した。

「もしかして、体調良くない？」

「え？」

「いや、ずっとソフドリばっか飲んでるからさ」

初めの一杯にアルコールを頼んで以降、杉浦さんはソフトドリンクばかり注文していた。

もしや体調不良でアルコールを控えているのでは？　という俺の心配は、しかしただの思い込みだったようだ。

「あっ、いえ、全然っ。元気ですっ」

視線を泳がせながら、杉浦さんは飲酒を控えていた理由を告白してみせる。

「……その、お酒が入ると、すぐ暴走してしまうので……」

なるほど。前回は特にはっちゃけていたし、それでか。

「杉浦さんビーストモードね」

「あう……」

「はは、別に気にしなくてもいいのに」

気軽にフォローを入れるも、杉浦さんは頑なに首を横に振ってみせる。

「だって、そのせいでいつも失礼なことばかり……」

失礼なこと、と言われて真っ先に思い当たるのは、やはりあの言葉か。

「誘い受けなんだっけ？　俺」

「はいそれはもう圧倒的に——って違っ、違います！」

失言を取り消さんとばかりに、杉浦さんは顔の前で両手をぶんぶん振ってみせる。

普段とのギャップが激しい彼女の言動は、見ていてとても愉快だが、あんまりイジめるのも可哀想なのでここらへんにしておこう。

「ところで、仕事の方はどう？　順調にやれてる？」

「あっ、は、はい、お陰様で……」

「お陰様って。他人行儀だなぁ」

「す、すみません……」

「ま、無理だけはしないようにね。前みたいに体調崩しちゃったら大変だし」

前みたい――杉浦さんは社員になる前の一時期、心身の不調から過呼吸を起こし、たびたび倒れていたことがあったのだ。

今でこそ持ち直したようだが、とはいえいつまたぶり返すやもしれない。昼夜逆転で働いているとどうしても生活リズムが乱れがちだし、お節介だとしても気を配らせてもらおう。

「その節はご迷惑を……」

「全然。その分だけ今、楽させてもらってるし」

「いえ、そんな……至らないところばっかりで……」

「なに言ってんの。杉浦さんの仕事ぶりで至らなかったら、篠田とか今頃とっくにクビ切ってるぜ?」

引き合いに出してすまん、篠田よ。会話を潤滑にするためのほんの冗談なんだ、許してくれ。

「そ、そですか……」

「そです」

冗談めかして口調を真似ると、杉浦さんが恥ずかしそうに顔をうつむかせる。

年齢的にはそこまで離れていないのに、こういう初心(うぶ)な一面を見せられると、どうしても庇護欲(ひごよく)がそそられてしまう。

そのせいだろうか。ほろ酔い気分も手伝い、俺の口は常よりも滑らかに言葉を発していた。

「マジな話、寺本さんと杉浦さんがいてくれたからこそ、俺はオープンからここまで、仕事を続けてこられたと思ってる」

寺本さんには、主に人間関係で多大なるお世話になった。あの人がいなければ、俺の胃には今頃、穴のひとつやふたつ空(あ)いていたことだろう。

一方杉浦さんには、シンプルにシフトで助けられた。深夜帯にひとりでも頼りになる人材がいてくれることは、俺にとって日々の安眠を保証してくれることと同義。いくら鍛えられた一流の社畜であっても、寝ずに働くことは不可能なのだ。

「きっと杉浦さんが思っている以上に、俺は杉浦さんに助けられてるよ。だから……あ～……」

いつか読んだ、リーダーシップに関する本の内容が思い起こされる――『どれだけ恥ずかしくても、感謝の言葉は素直に伝えろ』。

「いつもありがとうね」

「――ヅッ」

「ど、どうした？　すごい声出たけど……」

「い、いえ……んんっ……」

喉の調子を整えるためか、何度か咳払いを繰り返した後、杉浦さんはぽつりと言った。

「……店長は人たらしです」

「はぁ⁉　な、なんでだよ！　ありがとうって言っただけだろ！」

確かに人心掌握を目的にしての発言だったが、それはあくまでビジネスの立場からなされたもの。人たらしなんてあんまりな言い草だ。

「ホストにでもなったらいいんですっ」

「どうしてちょっとキレてんの⁉」

杉浦さんの言い分にはまったく納得できなかったものの、ともあれ。硬かった空気が若干和らいだことだし、ここは良しとしよう。

それからしばらく雑談を交わしていると、やがて寺本さんがお手洗いから戻ってきた。

「ただいま～」

「遅かったっすね」

「それがさ～！　大学生っぽい子がトイレん中で酔い潰れてて！　見かねて介抱しちゃった！」

人差し指と中指を揃えて、喉奥に突っ込むジェスチャーをしてみせる寺本さん。食事の最中なのにやめてほしい。

「店長にも昔やってあげたよね～」

人の失敗を軽々にイジるのもやめてほしい。その節は大変ご迷惑おかけしました！

その後、お喋り好きな寺本さんを中心に、飲み会はいっそうの盛り上がりを見せる。

しかし楽しい時ほど早く過ぎ去ってしまうもので、気付けば良い時間になっていた。

「――さて、それじゃそろそろお開きにしましょうか」

腕時計で確認すると、時刻は十時半を越えたあたり。サク女の営業時間は十一時までなので、閉店まで粘ると言っていた明莉もそろそろ仕事に一段落つけている頃合いだろう。

正直飲み足りない気分だが、前回の飲み会帰りに起こった騒動を思うと、どうしても帰宅を焦らざるを得ない。しかし、

「え～！　まだまだこっからでしょ～」

寺本さんに異を唱えられてしまう。さらに、

「そうだ！　カラオケいこうよ、カラオケ！」

「カラオケ！　いいですねっ」

なに歌おっか～？　と、手を取り合ってはしゃぐ両名。すっかり二次会に向かう気満々だ。

ここで「俺は遠慮しときます」なんて水を差したら総スカンは確実。まぁ明莉もそうそうトラブルに巻き込まれないだろうし、無闇に心配する必要もないだろう。

「……わかりました。それじゃ店、変えましょうか」

結局俺は、二人の勢いに押される形で二次会への参加を決めた。

会計を済まして店を出る——と、その前に。トイレへと寄り道。

キラキラが残っていないことにほっとしながら用を足し終え、女性陣の監視がない今のうちに、明莉へ連絡を入れておくことにする。

『悪い、二次会行くことになった。やっぱり帰り遅くなる』

無事にＬＩＮＥでメッセージを送り終え、画面を消そうとしたところ——不意に鳴り響いた着信音に、俺は危うくスマホを取りこぼすところだった。

いったい誰だよ、と番号を確かめる。連絡先として登録済みのそれには、こう名前が振られていた。

『私立サクラダ女学園』

「……？」

先頃（さきごろ）も同じように着信があったが、そのとき電話をかけてきた相手——桜田さんは、間違いなく今、自分と同じ場所にいる。

だとしたら、電話口の向こうにいる人物は誰なのか――?
漠然と感じる嫌な予感は、通話中になったスピーカーから聞こえてきた上っ調子な声によって、確かな悪寒へと姿を変えた。

『もしもぉ～し。初めまして――』

――なるほど。
どうやら今回は、俺がトラブルの当事者になるらしい。

六章 夜に出会えば

episode 06

「ねぇねぇ～、一緒に歌おうよぉ～」

――どうしてここまで身勝手になれるんだろう。

ふたりきりのカラオケの個室。無遠慮に詰め寄ってくる男の生態に、いっそ興味が湧(わ)いてくる。

マイクを突きつけてインタビューでもしてやりたい心境だけど、バカにバカの自覚があるわけもなし、突きつけるのは拒否の言葉にしておこう。

「あの、ほんと無理なんで。やめてください」

「あ、じゃあご飯いく？　オゴっちゃうよ、マジで」

「だから……」

人の迷惑なんてお構いなしのバカ男。しかしここで、その身勝手な振る舞いに罰が下ることになる。

その罰を下す審判者は、ウーロン茶を注(そそ)いだグラス片手に、優雅な足取りで部屋の中に入ってきた。

「おっ、美熟女！」

バカ男の物言いは失礼に過ぎるけど、的確といえば的確な表現かもしれない。

黒のナチュラルボブはツヤ感たっぷりで、パンツスーツに包まれた肢体は細すぎず太すぎずの見事なプロポーション。隠しようのない目尻のしわやほうれい線を差し引いたとしても、とてもアラフォーには見えない若々しい美貌だ。

「へへっ、お連れさんですか？　どうも～」

すっかり調子に乗ったバカ男が、脂下がった顔で彼女に近寄っていく。

「ぼく、ひとりなんですよ～。よかったら――」

肩を抱こうとしてか、バカ男は軽率に手を伸ばす。けど次の瞬間には、無様な姿を晒す結果となっていた。

「いっ、いでででで！」

護身術講座のデモンストレーションみたいに、あっさりと腕をひねり上げられるバカ男。

「なに、知り合い？」

こちらに向かって発せられた問いに、私は頭を振って応えた。

知り合いでもなんでもない。だってこいつは、ナンパ目的で部屋に押し入ってきただけのバカ男なんだから。

「まったく……」

大体の事情を察してくれたのか、彼女はやれやれといった風に嘆息(たんそく)すると、痛みに泣きべそをかくバカ男を解放した。そして、

「つまんねーことしてんじゃねえよ」

扉の方に向かって軽く突き飛ばし、トドメの一言。

「出てけ、秒で」

「ひぃぃぃ！」

どたばたと部屋から逃げ出していくバカ男。

その情けない姿を白けた目で見送ってから、彼女は――千秋(ちあき)さんは座席に座った。

「なんなん？　あれ」

「ナンパみたいでした」

「カラオケでぇ～？」

「ヒトカラ女子狙(ねら)って声かける輩(やから)、結構いるみたいですよ」

「マジ？　ありえんし」

吐き捨てるように言うと、千秋さんはストローをくわえてウーロン茶をすすった。私もならってアイスレモンティーを口に含む。

そうして一呼吸置いてから、私たちは改めて、久方ぶりの挨拶(あいさつ)を交わすことにした。

「それにしても、久しぶりだね」

「そうですね」

最後に会ったのは、たしか一昨年（おととし）の冬ごろだったたか。およそ一年半ぶりの再会だ。

出会ったのはそこからさらに一年ほど前。きっかけは路上での『声かけ』だった。

千秋さんは、非行に走る少年少女の支援を目的にした、ＮＰＯ法人の代表を務めている。

街中でたむろする未成年への声かけ活動はその一環で、当時、高校を中退したばかりで非行真っ只中（まっただなか）だった私は、たびたび千秋さんのお世話になっていたのだ。

「なんか見覚えある子だなぁ～って声かけたら、やっぱり明莉（あかり）でさ。超ビビった！」

久しぶりでも変わらないオープンな態度に、自然とこちらも心を開いてしまう。

「私の方がビビりましたよ。だって急に摑（つか）んでくるんだもん、悪質なキャッチかと思いましたよ」

「ごめんごめん！　口より先に手が出ちゃう性格なもんで」

「それ、ちょっと意味ちがくないですか？」

さっきのやり取りを思えば、あながち間違いというわけでもなさそうだけど。

「どう？　最近」

千秋さんが近況を尋ねてくる。私は正直な気持ちを応えた。

「最近は、そうですね……割に順調……かな？」

仕事の調子はイマイチだけど、ちゃんと帰れる家があることを考えれば、少なくともマイナスではない。

「おー、そっかそっか。――……」

なにやら言い淀む気配を見せる千秋さん。私はすぐにその訳を察した。

「大丈夫です。もう売りはやってないんで」

「あはは……ごめん。気ぃ遣わせちゃったね」

「いえ、全然」

「でも、そっか……。それはよかったよ。本当によかった」

心底ほっとした様子の千秋さん。実はまだJKビジネスから完全に足を洗えていない事実を伝えたらどういうリアクションをされるだろう。申し訳ないのでここは黙っておくことにする。

「もしかして彼氏できた？」

「えっ？」

突然の質問に面食らってしまうけど、すぐにその意図を察した。

女が不安定な状況から立ち直るきっかけに男の存在が関与してくるなんて、あまりにもありふれたお話だ。

「いや――」

瞬間、脳裏によぎる、広巳さんの姿。

「――まぁ……一応？」

いちいち説明するのも面倒だし、対外的にはカップルということになっているし――それらの理由を後付けに、私は頷いていた。

「お～！　おめでと～！」

「あ、ありがとうございます……」

「一緒に暮らしてるの？」

「はい。向こうの家に転がり込んでやりました」

「あっはっは！　いいじゃんいいじゃん！」

手を叩いて大げさに笑いながら、千秋さんは質問を続ける。

「彼氏、いい人？」

「……そうですね。いい人――優しい人です」

「うんうん。男は優しいのが一番だよ」

まるきり保護者そのものな目線で、千秋さんは柔らかな口調で祝ってくれる。

「よかったね、頼りになる人と出会えて」

「……はい」

むず痒い気持ちを覚える一方、それと相反する感情もあって、私は自然と愚痴をこぼしてしまっていた。

「……でも最近、あんまり甘え過ぎてもダメだよなぁ～って」

「なんで？　いいじゃん、甘えれば」

「ダメですよ。だってそんなの、依存じゃないですか」

自分に言い聞かせるように、私は言った。

「人に依存してたら、自立した人間になんてなれませんもん……」


「明莉、それは違うよ」


「え？」

きっぱりとした否定の言葉に、私は目を丸くすることしかできない。

そんな私を尻目に、千秋さんは滔々と語ってみせる。

「依存することは、人が自立するためにむしろ必要なことだって、私は思う。だって、自分ひとりの力と責任だけで生きていけるほど、人生ってヌルくないじゃん」

「…………」

「その証拠に、私だってめちゃくちゃ人の助けを借りながら生きてるよ？　じゃなきゃこんなガラの悪いババアがNPOの代表として活動するなんて、とてもとても」

そう言って千秋さんはおどけてみせるけど、私は同じように笑顔を作ることができない。

だって、千秋さんの述べている考えはつまり、『他力本願で生きなさい』と、そう言っているようなものじゃないか。

納得いかず、押し黙る私を説得するように、千秋さんは丁寧な口調で続ける。

「それでも私は、自分のことを自立した人間だと思ってる。明莉の目にだって、私の姿はそういう風に映ってるでしょ？」

「……はい」

「その根拠がどこにあるかっていうとね、それは私が、ちゃんと周りの人たちに頼れてるから――正しく依存できてるからだと思うんだ」

「…………」

依存に正しいもなにもないでしょ。そう思った私の内心を見透かしたように、千秋さんは言う。

「明莉にとっての依存って、きっと『深める』ものだよね。誰かひとりに寄りかかって、その人なしじゃ生きていけない状態になっちゃうっていう」

私は頷く。むしろそれ以外に依存の定義なんてないはずだ。

「私は違うの。私にとって依存は深めるものじゃなく、ひとつでも多く『増やす』もの――それは例えば、いつも愚痴を聞いてくれる友達だったり、活動に協力してくれるメンバーだったり……あとはまぁ、文句言いながらもなんだかんだ支えてくれてる旦那だったり」

「…………」

「そうやってね、たくさんの人たちに小さく依存しているからこそ、私は安心して自分を持っていられるの。――この人がいなくちゃ生きられない！　じゃなくて、この人たちがいるからこそ生きていられる、って感じかな。だから――」

千秋さんの人生哲学に、なにもかも共感できたわけじゃなかった。それでも彼女の発した言葉は、確かな重みと鋭さをもって、私の心、その奥深くに突き刺さった。

「だから――正しい自立って、誰にも依存しなくなることじゃなく、依存できる先を増やすことだって、私はそう思うよ」

「……そういう考えも、あるんですね」

私は神妙に頷く。なのに千秋さんが締めに発した一言は、それはもう台無しな代物だった。

「ま、とあるお医者さんの受け売りなんだけどね～」

「ええ～……」

途端に緩（ゆる）んだ空気の中で、千秋さんは笑い混じりに言ってみせる。

「あ～、真面目（まじめ）に喋（しゃべ）りすぎて疲れちゃった。ちょっと歌って気分転換していい？」

「あ、どうぞどうぞ」

「よ～し！　なに歌おっかな～？」

それからしばらく、ふたりでカラオケを満喫した。千秋さんの持ち歌は昭和（しょうわ）や平成（へいせい）初期の曲ばかりで、どれも聞いたことのないものばかりだったけど、不思議に盛り上がった。

「――あ、そうだ！」

　そろそろ終了の時間も迫ってきたところ、千秋さんが突然、なにかを思い出すように声を上げた。

「ちょっとお願いってか、提案があるんだけど」

「はい？」

「いきなりなんだけどさ――エッセイとか書いてみる気ない？」

「え？　ど、どうゆうことです？」

　本当にいきなりすぎて目を白黒させていると、千秋さんがバッグを漁り、なにかを手渡してきた。

　B5版サイズの、中綴じされた薄い冊子。表紙には物憂げな表情を浮かべた女の子のモデルと一緒に、『STORY』というタイトルが躍っている。

「これ、活動の一環で作ってるフリーペーパーなんだけどさ。よかったら次の号あたりで、ちょろっと記事書いてみない？」

　試しに中身をパラパラめくってみる。――ルポルタージュ、というやつだろうか。主な内容としては、非行に走ってしまう少年少女の実態を書いた記事と、それを象徴する数点の写真で構成されているみたいだ。

　その中には当事者が実体験を綴ったエッセイのコーナーもあって、つまり千秋さんはこれを、私に書けと言っているわけか。

「どう？」

「……私、エッセイなんて書いたことないんですけど……」

「全然いいよ！　むしろそういう子たちの声を形にするのが目的なぐらいだし」

「……でも、なにを書けばいいのか……」

言外に断りたい気配を匂わせるけど、千秋さんはそれに構うことなく、逆にアドバイスを寄越してきた。

「そうだねぇ……。一応これ、『誰かの物語を通して得られる気付き』っていう理念でやってるから、それに準じてくれたらテーマはなんでもオッケーだよ」

なんでもいいは一番困るやつぅ……。ていうかもう、書くこと前提みたいな流れになってるし……。

「……考えときます」

「よし！　あ、連絡先交換しとこっか」

そう言って千秋さんはスマホを取り出す。

過去にも連絡先の交換を求められたことはあったけど、当時の私は彼女を信じ切ることができず、頑なに拒んでばかりだった。

でも今は違う。私は今度こそ素直に応じることにした。

「その気になったら連絡してよ。もちろん、それ以外の話でも全然！　いつでも話、聞くからさ」

そう言って千秋さんは顔をほころばせる。

飾らない彼女の言動は、まるで同年代の友達みたいで、不思議と安心を覚えた。


ＮＰＯ法人の活動っていうのも、ずいぶん大変なものらしい。

「ごっめん！　知り合いの子が警察に補導されちゃったみたいでさ、ちょっと引き取りに行ってくるわ！」

帰り際に緊急の一報を受けた千秋さんは、速やかに会計を済ますや、飛ぶように店を出て行ってしまった。

無償なのによくやるなぁと、その熱心な姿には感心してしまう。私にはとても真似できそうにない。

「……さて」

ひとり取り残されたところで、少し尿意を自覚する。帰る前に済ましておこうと、私はトイレに立ち寄ることにした。

「——あ、すみません。使ってもいいですか？」

トイレの中には、しかし店員さんの姿があった。ゴム手袋をしているのを見るに、どうやら清掃中らしい。

「あ、ダイジョブっすよ～。どうぞ～」

洗面台のガラスを拭きながら、女性の店員さんがフランクに応える。

特に気にせず、その後ろを通り過ぎようとしたところ——突如トイレ中に響いた、

「あっ！」という声に、私は足を止めざるを得なかった。

「う～ぃ！」

振り向いた女性店員さんが、霧吹きを掲げてチャラい挨拶をかましてくる。

ポニーテールに結わえた髪と、薄めのメイクには違和感があるけど、その顔は見間違いようがない——新人のれなだ。

「び、びっくりした……」

突然の出会いに面食らう私に、れなが人懐っこい調子で声をかけてくる。

「なに？　遊びに来てたん？」

「……うん、もう帰るけど。そっちは——」

わざわざ確かめるまでもない。私はひとつ飛ばしで質問を返す。

「──掛け持ちでやってるの？」

「まぁね～」

ガラス清掃に戻りながら、れなが鏡越し、饒舌に語ってみせる。

「元々はここ一本でやってたんだけどさ～。学校終わった後、割に暇な時間あって。んで、ああいう仕事ならシフト自由じゃん？　空き時間で稼いだるか～って」

「学生だったんだ」

雰囲気的に、てっきり私と同じフリーターかと思っていた。

「大学？　専門？」

興味を引かれて質問すると、返ってきたのは意外すぎる返答だった。

「うんにゃ、高校」

「えっ？」

高校──高校生？　とてもそうは見えない。

ていうか、それならサク女では働けないはずだ。仮に十八歳になっていたとしても、在学中だったらNG。まさか嘘をついて──？

そんな私の疑いを気取ったのか、れなは言葉を付け加えた。

「現役じゃね～よ、昼間の定時制に通ってんの。ちな今、二十歳ね」

「あぁ、なるほど……」

十八歳以上(オーバー)だとしても、定時制や通信に通っていれば歴(れっき)とした女子高生だと言い張れる。合法JKってやつだ。

「うち、いっぺん高校中退してさ〜。その後は普通に働いてたんだけど、やっぱ中卒じゃ未来ねぇわって、なんつーか、キキカン？　感じて。んで今、ゼッサン学び直しちゅうってわけ」

れなは赤裸々(せきらら)に事情を語ってみせる。それほど近しい相手でもない、むしろ少し険悪な関係だった相手にここまで話せるなんて、ずいぶん開けっ広げな性格をしているみたいだ。

「便所、入らんの？」

「あ……ごめん」

言及されて、尿意の存在を思い出す。私は会話を切り上げて個室へ入った。

しかし、

「あんたは〜？」

トイレの中にれなの良く通る声が響く。どうやら向こうはまだやり取りを続ける気でいるみたいだ。

「え？　なに？」

「あんたは普段なにやってんの？　学生？」

「うぅん、フリーター」

「マジで～？　小遣(こづか)い稼ぎに来てる大学生のお嬢ちゃんだと思ってたわ」

「あははっ、なにそれ。すごい誤解」

気持ちの良いくらいあけすけな物言いと、なにより高校中退という自分と同じ境遇から、不思議とれなに仲間意識を覚えてしまう。

気付くと私は、気の置けない相手にしか教えていない自分の弱みを、扉越しに呟(つぶや)いてしまっていた。

「……私も。私も同じ、高校中退組だよ」

「うっそマジで⁉　見えね～！」

「元々優等生だったしね。通ってた高校、偏差値六十八の進学校だったもん」

「はぁ～⁉　バチクソ頭イイじゃねーか！」

互いの身の上を晒し合ったことで、私たちはすっかり打ち解けてしまった。ちょっと前までは裏オプをめぐって険悪になっていたというのに、おかしな話だ。

個室から出ると、掃除を終えた様子のれなが言う。

「真希(まき)ね」

「え？」

「本名。あんたは？」

「…………」

夜の仕事において、キャスト間での個人情報のやり取りはトラブルの元。れなの行動は決して褒められたものじゃない。

でも私は――ま、いっかと。そう思った。

「明莉」

「明莉ね、オケ。――なぁ、便所でダべんのもあれだし、部屋で喋らん？　もうすぐシフト終わるんだわ」

「うん、いいよ」

そうして私たちは、突発的に友好を結ぶことになった。

千秋さんとは久しぶりに再会するし、険悪だった仕事仲間とは急に仲良くなるし、今日は本当に奇妙な日だ。

従業員割引を使って用意してもらった部屋で待つことしばらく、私服に着替えたれな――真希が、ピザを乗せた皿を片手にやって来た。

「うぃ～、お待たせ」

「おつかれ～」

ドリンクバーのグラスで乾杯し、さっそくピザを一切れ頬張る。冷凍食品をチンしただけだと思うけど、なかなか悪くない味だった。

「ごめん、後で半分払うね」

「いいよ、こんくれえ。奢るわ」

「……そっか。ありがと」

そうして自然と話題に上がるのは、やっぱりお互いに共通する部分だった。

「真希はなんで高校辞めたの？」

いきなり踏み込みすぎたかな、なんて心配は無用だった。真希はピザを咀嚼しながら器用に喋ってみせる。

「一年ときの担任がクソみたいなヤツでよぉ。うち、フィリピンハーフなんだけど、それで差別してきて。んでバチバチにやり合った流れで、――文句あるなら辞めろやぁ～、おぅ辞めたらぁ～、みたいな」

「はは……すごいね」

男前すぎる退学理由に、失礼だとはわかっていても笑いがこぼれてしまう。

「そっちは？」

「……私は――」

真希と同じように開けっ広げにはできないけど、自分から聞いておいた手前、口を閉ざすわけにもいかない。私は言葉を選びながら答えた。

「――自主退学した」

「自主退学？　なんで？」

「……ちょっと、不祥事起こしてね。それで学校から、『君は当校に相応しくありません！』みたいに言われて、しかたなく」

「ふ〜ん」

大事な部分をぼかした説明にも、真希はけちをつける気はないみたいだ。気を遣ってくれているのか――いや、単に興味がないだけだろう。次に取った行動がそれを証明してみせる。

「ちと歌うわ」

そう言ってマイクを握ると、真希は流れるような手付きでタブレットを操作し、あっと言う間に歌い出してしまう。

選曲は、カリスマシンガーソングライターの大ヒットナンバー。相当歌い慣れている様子で、キーの変更も、滑舌もバッチリ、完全に自分のものにしている。

やがて曲が終わり、採点機能が弾き出した点数が画面に表示される――九十八点。

「お〜！　すごいすごい！」

「へっ、まぁこんなもんか」

素直に感心して拍手を送ると、真希がドヤ顔でマイクを渡してきた。

「あんたも歌いなよ」

「うん」

真希の歌いっぷりに触発されて、マイクを握る手に自然と力がこもる。

選んだ曲は、中学時代に大流行したボカロソング。原キーのままだと喉(のど)が持っていかれてしまうので、ざっくりマイナス4ほどキーを下げて——いざ!

「——っだぁ～! 噛(か)んだぁ～!」

「だっはっは!」

一般人が歌うには高すぎる難易度に結果はボロボロ。でもこうやって盛り上がれるのもボカロソングの楽しさのひとつだと思う。

「はぁ～、なっつ～。学生時代ドチャクソ聞いてたわこれ」

「ね～。流行(はや)ったよね～」

「つーか、自分いくつ?」

「今年で十九」

「ってぇと一個下か。——じゃあさ、この曲知らん?」

真希がタブレットを見せてくる。有名なボカロのデュエットソング。もちろん知っていた。

「知ってるよ～。一緒に歌う?」

「歌う!」

それからしばらくボカロソング祭りが続いた。お互いすっかり歌い手気分で、なんだか異常に盛り上がってしまった。

「――っあ～、ヤベぇ～、喉死んだ～」

「あはは、酷い声」

「ちと水汲んでくるわ～」

ガラガラ声でそう言いながら、真希は部屋を出て行った。

大盛り上がりから一転、壁越しに聞こえる喧噪からひとり仲間外れにされた私は、ついつい手慰みにスマホをイジってしまう。

「……ん？」

と、いつのまにかＬＩＮＥに一件の通知が入っていた。アプリを開いて確かめてみると、それは広巳さんからのもの。

『悪い、二次会行くことになった。やっぱり帰り遅くなる』

「…………」

真っ先に浮かんできたのは、なんだよ、という不満の気持ちだ。

前回の一件を気にしてくれたのか、できるだけ早めに切り上げると言っていたくせに、結局遅くなるんじゃないか。

文句をつけられる立場にないことはわかっていた。ただそれでも、自分よりも従業員との付き合いを優先されてしまった事実に、私の心はどうしても荒んでしまう。

嫌みのひとつでも言ってやろうか。――いや、夜遊びするもしないも広巳さんの自由だし。――いやいや、でも……。

そうやって逡巡しているうちに、ピッチャーとグラスを手に真希が戻ってきた。

「ほい。あんたも飲むっしょ？」

「……あ、うん。ありがと」

グラスに注がれた水を受け取る。私はそれを一息に飲み干した勢いのまま、思いつきで提案した。

「ねぇねぇ、今日オールしない？」

「おっ、いいねぇ！」

さっきのテンションをまだ維持しているのか、真希は即答してくれた。それを聞いて、私も気持ちが固まる。

『了解～。私も今夜は友達とオールで遊ぶから、帰り朝になると思う』

この文面を見たら、広巳さんはいったいどんな想像を巡らすだろう。幼稚な行為だとはわかっていても、ついつい相手の反応に期待せずにはいられなかった。

そうして送信ボタンを押し、後ろ暗くもどこか気持ち良い気分に浸っていたところ——

私はさっそく、手痛いしっぺ返しを食らう羽目になる。

「彼氏に追い出されたん？」

「え？」

突然すぎる真希の問いかけ。意味不明なその内容に、私は呆気に取られてしまう。

「行くとこないなら、少しくらい泊めてあげてもいいけど」

「ちょっと待って、なんの話？」

「……立ち聞きしただけだから、詳しいことはうちもわかんないんだけど」

そう前置きしてから、真希ははっきりと言った。

「一輝君、あんたの彼氏にバラしてやるって」

「…………」

彼氏に——つまり広巳さんに、バラす？　なにを？

答えは、なんとなく察しがついていた。

それでも私は、どうか勘違いであってくれと、一縷の望みにかけるより他なかった。

「バラすって……なにを？」

怖々と聞き質す。返ってきた答えは、案の定最悪なものだった。

「あんたが昔、やってたこと」

拍子抜け、とまでは言わないが、少し期待外れだったのは否めない。

人生で初めて足を踏み入れる、風俗店の事務所。――一体全体どんな空間なのかとドキドキしていたが、実際に訪れてみると案外普通で、正直自分の店のそれと大差ない。

シンプルなシステムデスクを筆頭に、ノートパソコン、固定電話、棚に整理された各種ファイル――ひとつ明確な違いがあるとすれば、部屋の片隅に置かれたハンガーラックに、衣装と思しき女子高生の制服が掛けられているところか。

これで散らかっていれば、まだそれっぽい雰囲気が出ていたかもしれないが、部屋の中は綺麗に片付けられている。

看板のいかがわしさからは考えられない、いたってクリーンな空間だが――おそらくこれは、以前の部屋主が残した遺産なのだろう。

これから先、もしかしたらすぐにでも、この部屋は俺が持っていた偏見通り、荒れ放題になってしまうかもしれない。

なんとも言えない悪臭が嗅覚を刺激すればするほど、そんな予感も的外れではないと思えてきて、さしでがましいとはわかっていても、現在の部屋主への危惧は募る。

これは桜田さんが愚痴りたくなる気持ちもわかるなと――ソファーセットの下座に座る俺は、上座で堂々と足を組んでいる現在の部屋主に、自然と呆れた視線を送ってしまう。

だがそんなことなど意に介する様子もなく、相手は――九条と名乗る男は、電子タバコを吸いながらへらへら笑ってみせた。

「すいませんねぇ、わざわざご足労いただいちゃって」

「……いえ。丁度近くにいたので」

『大事な話があるので、できたら直接お会いしたい』――突然の連絡には正直戸惑ったが、俺はその要求を受け入れ、飲み会を抜け出し、急遽この場を訪れていた。

話の内容は十中八九、俺の彼女ということになっているキャストの『あゆみ』――明莉に関することだろう。

お互い折り合いが悪いという話だし、嫌な予感しかしない――果たして九条は言った。

「聞きましたよ～。うちのあゆみとお付き合いされてるそうじゃないですか」

「……はい」

いまさら照れが入る余地もない。俺ははっきりと肯定する。

すると九条は、へらへら笑いに嘲笑の色を混ぜながら、攻撃の口火を切った。

「ぶっちゃけ、キャストに手を出すってどうなんですかね～？」

「……オーナーさんから許可は頂いています」

理論武装で応えるが、相手もそれなりの用意をしてきたようだ。

「許可っていっても、事後承諾でしょう？　あゆみは売れっ子だし、オーナーも下手に叱って辞められるぐらいならって、泣き寝入りしただけだと思いますけどねぇ」

「恋愛禁止のルールはないと聞いていますが」

「不文律ってご存じないです？　ルールで許されてるからって、マナーを蔑ろにしていい理由にはなりませんよね？　実際あなたがやったことって、お店に不利益を与えているわけだし」

「…………」

その言い分には、一理ある。一定の理解を示していいだろう。

そして、それ以上に理解した。彼が俺に、どんな態度を求めているかを。

「……申し訳ありません。確かに軽率な行動でした」

俺は謝罪の言葉と一緒に頭を下げる。

そうして上目遣いでチラリと窺ってみると、案の定、喜びを隠しきれない下卑た表情がそこにあった。

「…………」

愉悦にだらしなく緩むその顔を見て、俺は思う。――人相だけはどうしようもないんだな、と。

「わかってもらえたらいいんですよぉ」

そう口では言いつつも、九条はなおもねちねち嫌みを言ってくる。

「あ、そうだ。堂本さんって前に、オーナーから勧誘されてるんですよね」

「……ええ」

「どうして断ったんですか？」

「今のところ、転職する気はないので」

「コンビニの店長さんでしたっけ」

「そうです」

「もったいないな～、せっかく成り上がるチャンスだったのに。ていうかコンビニの仕事って、めちゃくちゃ過酷な割に薄給らしいじゃないですか――」

意気揚々と職業マウントを取り、あからさまに見下してくる九条。

未来がないだとか、会社の奴隷だとか、次々と出てくる批判的な発言に、俺は得心する
――なるほど、こうやって俺をいびることが目的だったのかと。

いかにも高慢そうな彼のことだ、自分より先に店長候補として声をかけられた人間がいたという事実に、プライドを酷く傷つけられたに違いない。その相手が、自身に反抗的なキャストの男ならなおさら。

口論する気もないので、好きになじってくれて一向に構わないのだが――九条が企てた

意趣返しの手段は、単なる悪口の域に留まらなかった。

「いやね、僕だってなにも嫌みを言いたいわけじゃないんですよ。本当は堂本さんを心配してるんです」

「はぁ」

「忠告しようと思いましてね。——リフレ嬢なんかと付き合っても、絶対に幸せにはなれないって」

なんか、とは随分な言い草だ。彼女たちの働きで食わしてもらっているくせに。

そう言い返してやりたい気持ちをグッと押さえ込み、俺は九条の話に大人しく耳を傾ける。

「昔ね、客にいたんですよ。未成年のリフレ嬢と付き合って、同棲まで始めた猛者が。——どうなったと思います？」

「…………」

「結局、二週間で喧嘩別れ！　おまけに最後、有り金全部と家財道具一式持ち逃げされるっていう！」

「…………」

「堂本さんも気を付けた方がいいですよぉ～？　ある日、家に帰ったらもぬけの殻だった——なんて話になったら笑えないですから」

「……あの子はあなたが思っている以上に常識人ですよ」

我慢できずに、つい反論めいた一言が口をついてしまう。

すると、俺を感情的にさせたことが嬉(うれ)しかったのか、九条はパチパチと手を鳴らして爆笑した。

「あははっ！　メロメロじゃないですか！」

「別に、事実を言ったまででです」

「いやぁ、信頼してるんだなぁ――」

気分はさながら、犯人の嘘を暴(あば)き立てる名探偵といった趣(おもむき)か。九条はやたら芝居がかった調子で、もったいつけながら言う。

「――でもそれって、今の彼女に対してのものですよね？」

不意に立ち上がる九条。こちらに背を向けて部屋の中を歩きながら、話を続ける。

「実は僕、ここで出会うよりも前に彼女と接点あって」

「？」

愚痴は散々聞かされていたが、その情報は初耳だった。自然と耳をそばだててしまう。

「何年か前、別のリフレ店で働いていたときにですね……在籍してたんですよ。そこに、あの子も」

「…………」

「高校一年か、二年のときかな？　当時は今と違って、もっと不良っぽい雰囲気で――……

やってましたよ」

やってました――主語をぼかしたその一言に、なぜだろう、得体の知れない悪寒を感じてしまう。

果たして、その悪寒は現実のものとなった。

「裏オプ」

「…………」

「それはもぉ～、めちゃくちゃにやってましたね！」

「…………」

返す言葉もなく、ただ沈黙するばかりの俺を置き去りにして、九条はひとり勝手に話を進める。

「あ、信じてない？　デマカセ言ってると思ってる？　――ふふ。なら証拠、お見せしますよ」

そう言って九条は、システムデスクの棚から、なにやら封筒を取り出してみせた。

「そのためにわざわざ、出向いていただいたんですから」

そしてソファーセットまで戻ってくると、封筒を逆さにして、中身をテーブルの上にぶちまける。

「どうです？　知り合いのリフレマニアのつてを頼って、必死に集めたんですよ！」

九条が持ち出してきた証拠。それは、女の子を被写体にした写真——チェキだった。

顔の高さでピースサインを掲げたもの、上目遣いでアヒル口を作ったもの、中には男とのツーショットもある。

ポーズもシチュエーションも様々だが、どれも同じ女の子を被写体にしており、そのほとんどが制服姿で撮影されている。

明るく染められた髪は胸元に届くほど長く、顔つきにも少しあどけなさを残しているが——間違いない。

現役時代の、明莉だ。

「これで僕の忠告、信じてくれますか?」

ニヤついた顔を隠そうともせず、九条は白々しく言ってみせる。

俺はここにきてはっきり理解した。これが本当の目的——俺と明莉の関係にヒビを入れることが、九条の狙いだったのだ。

卑怯極まるやり口に、知らず知らず眉間に力がこもってしまう。

そうして必然的に険しくなる俺の視線に、しかし九条は気付かない。夢中になって、自らの成果を見せびらかしてくる。

「あはっ、これなんか傑作ですよね!」

九条が無理矢理に押しつけてきたチェキ。それは露出こそ少ないものの、いかがわしさで言えば傑出の一枚だった。

「知ってますか、これ？　『円札ピース』って言うんですよ」

片手に持った三枚の一万円札で顔を隠し、もう片方の手でピースサインを作った、怪しげな構図。

他のチェキはまだ、地下アイドルのそれと言われても納得できるレベルだが、この一枚だけは別格に不健全だ。

「買った金で女の子に目隠しさせて、記念に写真取るっていう。遊び心がありますよね〜」

……なにが遊び心だ。ゲスの戯（たわむ）れにも程がある。

しかしゲスぶりでいえば、目の前にいるこの男も負けてはいなかった。

「でもやっぱり、現役のブランド力ってスゴイですよね。だって、この程度のビジュアルで三万も取れるんですから」

「……！」

自分のことなら、いくら貶（けな）してくれても構わない。

いまさらマウント取られた程度で、どうこうなるほど繊細じゃない。

けど、これは――

生身の人間を商品同然に扱う、この発言は――

……いくらなんでも、しゃしゃりすぎだろう。

「おたく……」

いよいよ我慢の限界に達し、俺がなにかしらのアクションを起こそうとした――まさにその瞬間だった。

入り口の扉が、ノックもなく開け放たれる。

突然の闖入者に、俺は――相手の方も、驚きに目を見張ってしまった。

「広巳さん……なんで……」

闖入者――額に汗を浮かべた明莉は、俺の姿を認め、うろたえた様子を見せる。

しかしそれも一瞬のことで、すぐに部屋の中へ入ってくると、テーブルに散らかされたチェキを真っ先に見つけた。

「待て――」

咄嗟に立ち上がり、制止しようとするが、一足遅かった。

「なにこれ……」

呆然と呟きながら、明莉は最後、俺の手中から最もいかがわしい一枚を奪い取る。

「…………」

うつむいた顔からは、一切の表情が窺えない。一言も発さないまま、ただただ写真を凝視している。

動揺していない――わけがなかった。その証拠に、写真を持つ指先は小刻みに震えだし、ズズッという、鼻をすする音が聞こえ始める。

「違うんだ、これは……」

俺はすっかり狼狽してしまい、まともなフォローひとつすら入れてやることができない。

そんな醜態をさらす俺を落ち着かせたのは——皮肉にも、首謀者の心ない一言だった。

「あ～あ、修羅場だよ」

「………はぁ？」

どの口がほざく。

誰のせいでこうなった？

オメエが原因だろうがよ。

俺はほとんど無意識で、明莉の手からチェキを奪い返すと、びりびりに破り捨てていた。

「ちょっとちょっと！　なにするんですか！」

「叩かれて埃がでねえ奴なんていねえわな」

どれだけ大人になり、社会性を身につけたところで、育ちの悪さまで矯正されるわけじゃない。

文句をつけてくる声を無視して、俺は皮肉たっぷりに言ってみせる。

「おたくだってそうだろ？　なぁ、ヒロシ君？」

「!?」

一瞬にして強ばる顔つきに、俺は確信を得た。桜田さんが話していたことは、やはり事実だったのだ。

「おたく、本名鈴木ヒロシって言うらしいな」

偽名であることを指摘された九条――あえて訂正しない――は、大慌てで言い訳を口にする。

「ぼ、僕は音楽をやってるんだ！　一輝はステージネームで――」

「もうろくに活動してないんだろ？」

「……それは……」

「つーか九条はどっからきたんだよ」

「っ……う、うるさい！」

さっきのお返しとばかりに小馬鹿にしてやると、九条は面白いように動揺してみせた。

まったく無様で溜飲が下がる思いだが――これで終わりにしてやるつもりはない。

まだ、とっておきが残っているのだ。やるからには徹底的にやらせてもらう。

「悪い悪い、謝るよ」

自分の鼻をツンツン突きながら、俺はこれ以上ないくらいに当てこする。

「せっかく金かけて高くした鼻なんだ、折られたかねえわな」

「なっ……!?」

どうやらこっちも事実で間違いなかったらしい。

激しい動揺に、九条の表情がぐにゃりと歪む。――数百万円かけて整形で整えたキレイな顔面も、これでは台無しだ。

「自然体が一番だと思うぜ？　どれだけ外見を飾ったところで、結局大事なのは中身なんだし」

「こ、コンビニの店長ごときが！　バカにするな！」

「嫌みで言ってるわけじゃない、――忠告してるんだ。そこんとこ、勘違いしねえでくれな」

「……っ」

自分が使った文脈でやり返され、返す言葉もないようだ。

「帰るぞ」

うつむきっぱなしの明莉を促す。反応が薄いので、強引に手を握った。

「オーナーだろ⁉　オーナーから聞いたんだな⁉　しゅ、趣味が悪いんだよ！　人の秘密をこそこそと！」

往生際悪く負け惜しみを言う九条。

そんな彼にとどめを刺したのは――思わぬところから上がった、第三者の声だった。

「いやそれブーメラン」

いつからそこにいたのだろうか、扉の近くに人影があった。

垢抜(あかぬ)けたギャル風の女の子。リフレ嬢っぽくない外見だが、この場にいるということはキャストの子だろうか？

なにはともあれ、彼女のツッコミは絶妙だった。

すっかりしょぼくれてしまった九条に最後の一瞥(いちべつ)をくれ、俺は悠々とこの場を立ち去る。

人を呪(のろ)わば穴二つ。自ら墓穴を掘った相手に、同情をくれてやる余地などない……のだが。

人のコンプレックスをあげつらってしまったことに、少しだけ、ほんの少しだけ、罪悪感を覚えた。

自分が情けなかった。

元彼とのトラブルで散々迷惑をかけておきながら、一ヶ月も経(た)たないうちにこれなんだから。疫病神にも程がある。

そしてそれ以上に……恐ろしかった。

広巳さんは、どう思っただろう。

私の、とても大きな声で言えない過去を知って、どう感じただろう。

汚らわしいって、そう思われちゃったかな。

　これまでの奔放な言動を考えれば、いまさらな心配かもしれない。

　それでも悩みを消し去ることができなくて、私は階段の踊り場で立ち止まり、絞り出すように呟いてしまった。

「……ごめんなさい」

　先を歩いていた広巳さんが、足を止めて振り返る。

「また迷惑、かけちゃった。………」

　謝ることはできたけど、その先の本当に言いたい言葉が、どうしても出てこない。

　躊躇(ためら)っているうちに、広巳さんからの返事が返ってきてしまう。

「迷惑？　笑わせんな」

　あえてだろう、ぶっきらぼうな調子で広巳さんは言う。

「この程度で迷惑に感じるくらいなら、コンビニ店長なんかやってられねえよ」

　クレーム対応で培った経験値をナメるんじゃない！　そう冗談めかすと、広巳さんは快活(かいかつ)に笑った。

　私を元気づけようとしてくれている。――その意図がはっきりと見て取れるのが、嬉しい反面、気まずくもある。

「気にすんな。――俺は、気にしてないから」

　そう言って広巳さんは、再び背を向けて歩き出そうとする。

その頼りがいのある大きな背中を、しかし私は——追いかけることができない。

「あんな写真、どうせフェイクだろ。ほら、いいから帰るぞ」

「…………」

優しくて、温かい、前向きな言葉。

でもそれは同時に、臭い物に蓋（ふた）をするための、都合の良い言葉にも聞こえた。

こういう言葉を、私は欲していたんだろうか？

こういう関係を、私は求めているんだろうか？

「……違う——」

私は、広巳さんに認めてもらいたい。

でもそれは、ただ慰めてほしいわけじゃない。

全部、受け入れてほしいんだ。

今だけじゃない、過去の自分も引っくるめて。

ワガママなのはわかってる。でも自分の気持ちに嘘はつけない。

だって私は、私なりの必死さで、私の人生を生きてきたんだから。

どれだけ後ろめたくても、間違いだらけだとしても、その中にひとつだって、偽物（にせもの）なんかあるもんか。

全部が、今の私を形作っている。全部が私の——

「――本物だよ」

うつむいたまま、私は告白する。

目を背けるために前を向くぐらいなら、私は前なんて、これっぽっちも向きたくなかった。

「全部、本物。偽物なんかじゃない」

広巳さんは今、どんな顔をしているだろう。

急に怖くなってしまった私は、防衛機制から誤魔化し笑いを浮かべてしまう。

「あはは……笑っちゃいますよね。人に偉そうなこと言っておきながら、その実自分も、散々裏オプやってきたんですから」

自嘲の言葉は、幼稚な試し行動そのものだった。

それを自覚していても、口を閉ざせない自分が嫌になる。

「……軽蔑、しますよね」

重苦しい空気が、階段の踊り場に充満する。

どれくらいの時間が経ったろう。ろくに時間の感覚も働かない中、やがて深沈とした声音が、凝り固まった沈黙に優しく風穴を開けた。

「昔の自分なら、そうだったかもしれない」

「………………」

「援助交際とか、神待ちとか、そういうことする奴らはみんな、貞操観念の壊れたビッチだって、そう思っていたから」
「…………」
「でも……雑誌やニュース番組で取り上げられてるのを、関係ない傍観者として、ただ眺めるんじゃなく、――実際に……身近に、そういうことをする人間が出てきて……気付かされた」
「…………」
「金や刺激を得ることだけが、体を売り物にする目的じゃないって」
「…………」
「どんな形であれ、人の温もりや、自分の居場所が欲しくて、そういう行為に走ってしまう子がいるんだって……そう、気付かされたんだ」
「…………」
「気付いちまったら、もう、無視はできねえよな」
「…………」
「俺はまだ、お前のことを、よく知らない」
「…………」
「どういう環境で育ってきたのかも、どういう子供時代を送ってきたのかも、まったく知らない」

「………」

「だから俺には、勝手に想像することしかできないんだけど――」

「………」

「――今のお前を見てる限り、お前が考えなしにそういうことをやってきただなんて、俺には少しだって思えないよ」

「………」

「だから――ちょ⁉」

顔を上げなくても、広巳さんが慌てふためいているのがわかる。

それもしょうがない。だって、目の前でいきなり人に号泣されたら、私だってどうしたらいいかわかんないもん。

「うぅ～……！」

「な、泣くなよ……」

「泣かすようなこと言うからでしょ～！」

半ばキレ気味で言い返すと、広巳さんはますます慌てるばかりで、ろくに慰めもしてくれない。

抱きしめろとまでは言わないけど、肩をそっと抱くとか、背中をぽんぽんするとか、それぐらいしてくれてもいいんじゃないかな。

でも、そんな不満なんてどうでもよくなるぐらい、私は嬉しかった。

なんでこんなに涙がこみ上げてくるのか、自分でもよくわからない。だって広巳さんがかけてくれた言葉は、内容だけ見たら、どれもありきたりなものだったから。

……だからこそ、なのかもしれない。

私だけに与えられた言葉じゃなかったからこそ、心に深く染み入ったのかもしれない。

きっと広巳さんは、私じゃない、私と似たような事情を抱えた子に対しても、同じように接することができる人なんだろう。

人を選んで発揮される打算的な優しさじゃない、誰しもに等しく発揮される、ありふれた優しさ。

特別なんかじゃない、だからこそ信頼に値する優しさ。

そういう優しさを与えてもらえたことに――そういう優しさの持ち主と巡り合うことができた、まさにこの『出会い』そのものに、きっと私は心動かされ、今こうして涙を流しているんだ。

「――……っはぁ～……」

「落ち着いたか?」

やっとこさ涙は引っ込んだけど、おかげで心身共にだいぶ消耗してしまった。返事をするのも億劫で、私は小さく頷くことしかできない。

「元気ねぇな……ったく」

困ったように呟くと、広巳さんは名案を思いついたように言った。

「うし！　景気付けに焼き肉でもいくか！」

「えぇ～……お腹(なか)減ってない」

「いいからいくぞ！　ほら！」

そう言って広巳さんは、再び背を向けて歩き出す。

その頼りがいのある大きな背中を、私は今度こそ追いかけて——


「あ、うちもいいっすか？」


——ソッコーで振り返った。

「……真希？」

見れば、階段の頂上、真希が所在なげに座っている。

「い、いつから……？」

「え。普通に最初っからいたけど」

「…………」

と、いうことは。見られたわけだ。全部。一部始終。

……うわぁ～……！　うわぁ～……‼

赤面どころか、全身が燃えるように熱を帯びる。

度を超した羞恥（しゅうち）に身悶（もだ）えていると、階段を軽快に下りてきた真希が、無自覚に追い打ちをかけてきた。

「へへ。彼氏、いい男じゃん」

「………」

あぁ、今日はなんて日なんだろう。

歌いすぎたせいで喉は痛いし、泣きすぎたせいでまぶたは腫（は）れぼったいし、散々じゃないか。

「………うん」

色々と限界に達した私にはもう、か細い声で同意するだけの力しか残されていなかった。

七章　告白

episode 07

「――ッだあの野郎マジでよぉ!!」

「もぉ～……近所迷惑だってば」

酔っ払い特有の舌足らずな怒号が、家の玄関に響き渡る。

それを必死に介添えしながら、私は思った。――酒は飲んでも飲まれるなってことわざは、きっとこういう人がいたからこそ生まれた言葉なんだなぁ、と。

あの後、真希を加えた三人で焼き肉屋に向かったのだけれど、広巳さんは広巳さんでフラストレーションを溜めていたようで、憂さ晴らしのように無理な飲酒をしてしまった結果、このざま、というわけだった。

「人のこととやかく言えるほど、てめぇもご立派な人間じゃねぇだろうが……ッ!」

九条さんのことを言っているんだろう。最後にやり返していたとはいえ、まだまだ腹の虫が治まらないようだ。

私の肩と壁にもたれかかりながら、ふらふらと歩くのがやっとという状態なのに、広巳さんの口ぶりはますます激しさを増していく。

「それをよぉ！ ごちゃごちゃ、ごちゃごちゃ、アヤつけやがってッ！ ッざけてんじゃねえぞ、ボケがッ！」

「ガラ悪いなぁ……」

前から薄々そうじゃないかと思ってたけど、広巳さんって絶対に元ヤンだ。じゃなきゃこんな輩（やから）っぽい言葉遣いするわけない。

「ほら、ベッドついたよ」

一苦労して部屋まで連れて行き、なんとかベッドに腰掛けさせる。

すると、今度は一転して弱々しく、広巳さんはうわごとのように呟（つぶや）いた。

「――ず――」

「え？ なに？」

「――みず……」

「水ね。はいはい、すぐ持ってくるから」

宣言通り、すぐさま水を用意して戻ってくる。

「はい、どうぞ」

そう言ってグラスを差し出すと、広巳さんは私の手ごとそれを引（ひ）っ摑（つか）み、無我夢中であおってみせた。

「もぉ～、赤ちゃんかよ～」

「うぅ……」

やがて飲み干すと、そのままぐったりベッドに寝転がってしまう。

「あ〜、もう、着替えもしないで……」

すっかりダメダメになってしまった広巳さんに、可愛げ半分、呆れ半分を感じながら、私は仕方なく服を脱がしにかかった。

「ほら、ばんざ〜い、して」

シャツを剝ぎ取り、ベルトを緩めてジーンズを脱がす。酒臭さに焼き肉の匂いまで混ざった、なんとも言えない体臭が鼻をつくけど、不思議と臭いとは感じなかった。

そうして無事に服を脱がし終えたところで、広巳さんがふと、なにやら寝言のようにもらしてみせる。

「どうってことねえ……」

「？」

「どうってことねえぞ……あんなもん……」

「………」

胡乱な呟きは、ちゃんとした言葉としての体裁を保っていなかった。それでもなにを伝えたいのかは、尋ねるまでもなく理解できた。

「これから……これからだ……——」

寝言は、やがて静かな寝息へと変わる。

疲れ果てて眠りこける子供みたいなその寝顔に、私はひとつ言葉を投げかけ、その場を後にした。

「……ありがと」

ほんとに、もう、困った人なんだから。

明日になったら二日酔いで苦しんじゃえばいいんだ。そう心の中でイジワルを言いながら、私はシャワーを浴びた後、部屋着に着替えて自室へと戻った。

疲弊した体をベッドに横たえる。けど妙に目が冴えてしまい、どうにも寝つける気がしない。

そぞろにＬＩＮＥでニュースを眺めていたら、ブルーライトの影響か余計に眠気がどこかへいってしまって、気付いたら私は、暇つぶしの相手を、新しく登録したばかりの連絡先に求めていた。

「――もしもし。ごめんなさい、こんな時間に」

通話中になったスマホにそう語りかけると、スピーカーから気っ風の良い返事が返ってくる。

『全然いいよ～。私、夜型だし』

それは決して気遣いじゃないようで、千秋さんのテンションは深夜にもかかわらず平時のそれだ。

『どうしたの？』

用件を尋ねられた私は、気の赴くまま話題を切り出した。

「さっきね、彼氏と友達の三人で、焼き肉食べにいったんですけど」

『うんうん』

「私、ちょっとぼ～っとしてて。にんにくのホイル焼きを、漬物と勘違いしてそのまま食べちゃったの」

『あははっ、マジで～？』

「おかげでめちゃくちゃ笑われちゃった。超恥ずかしかった～」

たわいない会話がしばらく続き、そろそろ話題も尽きかけた頃合いで、私は、ともすれば本当に言いたかったかもしれない言葉を、ぽつりと口に出していた。

「……千秋さんの言ってたこと、なんとなくわかったかもです」

『うん？』

「依存は増やすものって話。……本当に、なんとなくだけど」

『そっか』

「なんだろ……う～ん、上手く言葉が見つからないや……悔しい」

何げなく呟いただけのその一言に、思わぬアドバイスが返ってくる。

『書いてみれば？』

「え？」

『さっき話した、エッセイの中でさ。今の気持ち、書いてみたらいいよ』

「え～……でも、上手く書ける自信ないし……」

『上手く書く必要なんてないない。売り物にするわけじゃないんだし。それに――』

これは経験則から言うんだけど、と前置きし、千秋さんは言った。

『書くことで初めて確かめられる気持ちって、絶対にあると思うんだ』

「……そうなんですかね」

『うん。少なくとも私はそうだった』

「…………」

『気負う必要なんてないから、いっぺん好きに書いてみなよ。人に見せる見せないは別にしてさ』

優しく、それでいて力強い千秋さんの言葉に、私の心は――動かされてしまう。

「……わかりました。じゃあ、ちょっと、挑戦してみます」

それから二言三言交わして、私は通話を終了させた。

「…………」

書くことで初めて確かめられる気持ち。そんなもの、本当にあるんだろうか。

仮にあったとして、私にちゃんと、書いて確かめることができるんだろうか。

なんの保証もない中で、どこからか不思議と、『書きたい』という気持ちが湧き出てくる。

夜の静けさの中で、その気持ちはなにに邪魔されることなく滾々と湧き続け――やがてそれは、私を行動に駆り立てていた。

あかり（19歳）

両親が離婚したのは、私が小学校に上がって間もない頃でした。

きっかけは、父親の酒癖の悪さだったみたいです。亭主関白だった父親は、お酒が入るとたびたび歯止めがきかなくなることがあって、よく大声を出して母を怒鳴っていました。

直接的な暴力は、私の知る限りなかったと思います。ただ、暴言も度を過ぎれば、精神的なDVです。実際に離婚まで至ったわけですから、母はかなり酷いことを言われていたのかもしれません。

私にとっての父親は、お酒を飲まない限り、よく一緒に遊んでくれる良き父でした。なので、親権は母が持つことになり、離ればなれになるとわかったときは、悲しい気持ちでいっぱいになりました。

でも私は、決してその気持ちを言葉にしませんでした。

なぜなら、さんざっぱらなじられたあげく、酔い潰れた父を甲斐甲斐しく介抱する母の姿が、不憫でならなかったからです。

「これからはふたりでがんばっていきましょうね」

気丈に振る舞ってみせる母に、私もまた子供ながらに気を利かせて、同じように振る舞ったのを覚えています。

そうして私たち親子は、母子家庭として再出発することになったのですが、新しい生活は厳しいものでした。

第一に、実家からの援助が得られなかったのが大きく響きました。母の実家は、それなりの良家だったのですが、猛反対されていた父との結婚を駆け落ち同然に押し切ったことを理由に勘当されていて、頼りたくとも頼ることができなかったのです。

父からの養育費も入ったり入らなかったりで、そのため母は、昼夜を問わず働きました。

きっと、ひとりでもちゃんとやっていかなきゃと、気負っていたんでしょう。

それが災いして、やがて母は、過労で倒れました。

肉体的にも限界だったのでしょうが、それ以上に、精神的に追い詰められていたんだと思います。

箱入り娘として育てられた上に、もともとが気弱な性格ということもあり、シングルマザーとしてたくましく生きていけるほど、母は強い人間ではなかったのです。

働きたくても働けない状況に陥(おちい)った母は、その後、生活保護を申請しました。

日本国憲法第25条によって定められた、「健康で文化的な最低限度の生活」を営む権利。

私は最初、無邪気に喜びました。働かなくてもお金がもらえるなんてすごい！　と。

なにより、仕事で忙しくしていた母が普通に家にいてくれるようになったことが、私には嬉(うれ)しいことでした。

でも、母の表情に明るさが戻ることはありませんでした。


「生活保護を受けてることは、周りの子たちに言っちゃダメよ」


母は私にそう言い聞かせました。私は約束を守りながらも、どうしてなんだろう？　どうしてこそこそしなきゃいけないんだろう？　と疑問に思いました。

その答えは、年を重ねるごとになんとなくわかっていき、やがてあるタイミングで、否応(いやおう)なしに理解させられることになります。

私が中学に上がったその年、有名芸能人の生活保護不正受給問題に端を発した空前の生活保護バッシングが、世間で巻き起こったからです。

「五体満足なら働けよ」
「税金でパチンコとか何様?」
「暴力団の資金源になっている」
「現物支給にすればいいんだ」

ニュース番組、週刊誌、SNS、様々なメディアから毎日のように発信される生活保護受給者への批判的意見は、そのうち周囲からも聞こえてくるようになり、ついに私は、当事者として矛先(ほこさき)を向けられてしまうことになります。

「あいつの家はナマポ」

人の口に戸は立てられない、というやつですね。どこからか事情が知れ渡り、そんな陰口をたたかれるようになりました。

やっかみもあったと思います。自慢じゃないですけど、私は勉強もスポーツも得意な優等生で、友達も多く、いつもクラスの中心にいましたから。
でも私は、そんな声には決して屈しませんでした。
むしろ「負けてたまるか」と、心を奮い立たせました。

――生活保護家庭だからってなんだ！

――国が認めた制度を利用してるだけで、どうして悪く言われなきゃならないんだ！

――メディアが偏向して伝えている受給者のマイナスなイメージを鵜呑みにして、なんでもかんでも十把一絡げに扱わないで！

――あんたたちが大好きな「ハリー・ポッター」の作者だって、シングルマザーとして生活保護を受けながら「賢者の石」を書き上げたんだぞ！

心ない声を払拭するために、私は勉強にも、スポーツにも、今まで以上に力を入れて取り組みました。

保護を受けているからって、人間として劣っているわけじゃない。それをどうしても証明したかったんです。

その甲斐もあって、私は充実した中学生活を送ることができました。

念願だった、第一志望の高校にも合格できました。

けどここから、私の人生に吹く逆風は、より一層その勢いを強めていくのです。


高校生になった私にまず立ちはだかったのは、学業の問題でした。

私が進学先に選んだ高校は、地元でも名の知れた公立の進学校で、集まってくるのはみんな秀才ばかり。

それまでは地頭の良さだけでなんとかやってきた私ですので、家庭の事情から塾にも満足に通うことができない環境では、周囲との学力差が開くのは当然です。

高校最初のテストで、私は人生で初めての赤点を取ってしまいました。

赤点の基準は絶対評価で決められていたので、努力不足と言えばその通りかもしれません。ですが、ひとつ言い訳をさせてもらえるなら、このときの私は、とても勉強だけに集中できる環境にいなかったのです。

その理由は、母の精神状態でした。

過労で倒れて以来、すっかり弱気になってしまった母は、世間から聞こえてくる生活保護バッシングの声によってさらに精神を病んでいってしまい、私が高校に入学する頃には、ろくに外出すらできないような状態にまで陥っていました。

酷いときは日がな一日布団から出られないときもあり、なので家事もろくにこなせない有り様。もちろん、フォローするのは私の役目です。母の状態が悪くなれば悪くなるほど、私の負担は増えていきました。

眠る時間さえしっかり確保できない生活は、正直しんどかったです。でも私は、中学時代同様、「負けてたまるか」と自分に言い聞かせ、学業にも家事にも必死に取り組みました。

使命感に駆られていたんです。私がやらないと、私が力になってあげないと。

私だけが、お母さんを助けてあげられるんだと。単なる愛情を越えた、それはもはやひとつのアイデンティティーとして、私を突き動かしていました。

しかしここで、私はついに大きな挫折を経験することになります。

私は高校に入ってすぐ、アルバイトを始めていました。家計を少しでも助けるため、また高校生になって付き合いも増えたため、少しでいいから自由に使えるお金が欲しかったんです。

ですが、それを知った福祉課のケースワーカーさんが、冷たい声で私にこう言いました。

「所得を申告し、保護費を返還してください」

生活保護家庭が働いて収入を得ることは、法律上許されています。ただし、所得は必ず申告しなければいけません。

その説明は事前になされていたものの、精神的に不安定だった母は——ケースワーカーさんに怯(おび)えていたこともあり——これを把握できておらず、その結果、なにも教えてもらえていなかった私は、知らず知らずのうちに不正を行ってしまったのです。

無駄働きどころか、不正受給として保護費を返還しなければいけない羽目になってしまい、私は落ち込み、そして、それ以上に憤(いきどお)りました。

「どうしてちゃんと教えてくれなかったの！」

私は母に激しく感情をぶつけました。それまでに蓄積していた鬱憤(うっぷん)も、そこには含まれていたと思います。

そしてこの一件をきっかけに、母の精神状態は、いよいよ病的な段階にまで悪化していくことになります。

「他人様の税金で生活させてもらってるのに、贅沢なんてできないわ」

急にそんなことを言い出し、ろくに食事も取らなくなったと思えば、

「これ、新商品なんですって。うふふ、おまけしてもらっちゃった」

ふたりじゃとても食べきれない大量の惣菜を、衝動的に買い込んでくることもありました。

こういった極端な躁と鬱を繰り返す母の言動が、なんらかの病からくるものだとは理解していました。

しかし、いくら頭で理解しているからといっても、感情まで押し殺すことはできません。

そうして私は、ついに我慢の限界を迎えてしまうのです。

ある日の深夜でした。尿意に目を覚まし、トイレに向かうため寝床を抜け出した私は、キッチンの方から微かな明かりが漏れていることに気付き、何の気なしに目をやりました。

そこにあったのは、母の姿でした。

暗がりの中、冷蔵庫を開けっぱなしにして、無我夢中で食べ物を貪る、妖怪じみた母の醜い姿。

起き抜けだったにもかかわらず、このとき目撃した光景は、今でも鮮明に思い出すことが

できます。

夜の静けさの中でより際立つ、ぴちゃぴちゃ、くちゃくちゃという、不快極まる咀嚼音。朝食に使う予定だったロースハムにそのまま囓りつき、パックから直に牛乳を流し込む、庫内灯に照らされた一心不乱な横顔。

突発的な過食症状だとは、理解していました。

それでも、マグマのように湧き上がってくる悪感情を、このときの私は制御することができませんでした。

「なにしてるのッ‼」

私は、感情のまま母を突き飛ばしました。

人生で初めて振るった、親への暴力です。

「ごめんなさい、ごめんなさい……」

床に尻もちをつき、叱られた子供みたいにしゃくり上げる、四十がらみの母親の姿に、私の頭の中はかき乱されました。

助けになってあげたい。でも腹が立ってたまらない。

天秤(てんびん)に掛けることのできない愛情と嫌悪(けんお)に、私はそれ以上、なにを言うこともできませんでした。

そしてこの一件以降、母は見捨てられる不安をこじらせ、私が側にいないとすぐ不調を訴えるようになっていきました。

「バイトはまだ終わらないの？　あぁ、胸が苦しい。死んでしまうかも……。早く帰ってきて」

次第に強くなる母からの依存に、私は焦(あせ)りました。

なんとかしなきゃ。なんとかしないと、このままじゃなにもかもどん詰まりになってしまう。

けど、勉強にバイトにとただでさえ忙しい私に、母の面倒を見てあげられる時間的な余裕はありません。

そこで私が目をつけたのが、ＪＫビジネスだったのです。

ＪＫビジネスは、私にとっておあつらえ向きな仕事でした。自由出勤で、なおかつ高収入。これなら好きなときに短時間でも稼げるし、待機時間に自習することも、仮眠して休憩することも、電話で母の話し相手になってあげることもできる。とはいってもグレーな仕事、ケースワーカーさんから理解を得られるはずもありません。だけど、もとよりケースワーカーさんの高圧的な態度に不満を感じていた私は――生活保護制度そのものへの不満もあり――秘密裏にＪＫビジネスで働くことを決めます。

ＪＫビジネス――ＪＫリフレの仕事は順調でした。裏オプはしていなかったものの、持ち前の人当たりの良さが大きな武器となり、客はひっきりなしにつきました。

そしてまた、母の精神状態にもこのとき、回復の兆しが出始めていました。きっかけはよくある話で、同級生の男性と久しぶりに再会し、交際を始めたことが、母の精神を安定に向かわせたのです。

全て（すべ）が順風満帆（じゅんぷうまんぱん）に進んでいるように思えました。

でも神様は、私の不埒（ふらち）な行いを大目に見てはくれませんでした。夏休みに入った矢先の出来事です。当時私が在籍していたＪＫリフレ店に、警察のガサ入れが入ったのです。

運悪くその場に居合わせてしまった私は、警察に補導されてしまい、親やケースワーカー、学校関係者にも、ＪＫビジネスに従事していたことが露見してしまいます。

「どうしてこんなことを……」

母は失望し、うなだれました。

「所得を申告し、保護費を返還してください」

ケースワーカーさんは相変わらず、冷血でした。

「あの子、体売って稼いでいたらしいよ」

同級生は好き放題、噂しました。

「あなたは当校の生徒として相応しくありません」

学校からは見放され、自主退学を促されました。

これ以上ないくらいの逆境に立たされた私は、今までと同じように「負けてたまるか」と……言うことができませんでした。

なにもかも、報われない。

なにをやっても、無駄じゃないか。

すっかりうちひしがれる私にとどめを刺したのは、皮肉にも、快調に向かっていく母の姿でした。

「私がどれだけがんばっても、お母さんの状態は悪くなるばかりだった。なのに男と付き合いだしただけで急に元気を取り戻してる。どうして？」

母がパートナーの存在によって快方に向かっていけばいくほど、私は自身の無力感を突きつけられているようで、どんどん孤独に苛(さいな)まれていきました。

学校にも、家庭にも、自分の居場所はない。

そんな私を唯一受け入れてくれたのが、街だったんです。

「『お散歩』いかない？」

台無しになった高校最初の夏休みが終わり、秋口に入った頃だと思います。性懲りもなく別のリフレ店で働いていた私は、ある日お客のひとりから、『お散歩』のオプションを求められました。

『お散歩』は名前の通り、キャストと店の外を散歩することができるオプションのひとつです。でも違法店においては、店を出てホテルに行くことを意味する裏オプとして使われることもあり、この場合がまさにそれでした。

私はそれまでずっと、裏オプＮＧで通してきました。周りにどれだけ裏オプで稼いでる子がいても、絶対に自分は一線を越えないぞと、いくらお金を積まれても断り続けてきました。

それなのに私は、このとき、この誘いに、あろうことか乗ってしまったのです。

お金が欲しかったわけじゃありません。

求められるのが嬉しかったんです。

たとえ薄汚い欲望に根差した上辺だけの承認だったとしても、空っぽな自分を満たしてくれるなら、それでよかったんです。

一歩でも踏み外すと、そこからはあっと言う間でした。

やがて高校を自主退学した私は、街の中に居場所を見出し、非行を繰り返すようになります。

素行の悪い友人たちとつるみ、裏オプで稼いだ金で好き放題遊び回る、享楽的な毎日。

決して居心地は良くありませんでした。もともとが優等生な私にとって、「ウザい」「ダルい」「キモい」で会話が成立する仲間たちと過ごす時間には、常にうっすらと疎外感がついて回りました。

それでも私は、その場所に居続けました。

日の当たる場所が暖かいとは限らないから。私は陰へ、陰へと、自分に相応しい温度を求めていったのです。

けどそれは、私に限った話じゃなかったと思います。

みんなが同じように、寂しさや虚しさを持ち寄っていたのだと思います。

だから私は、私たちは、身を寄せ合うように街中でたむろし、絆を確かめ合うように『鏡月』を回し飲んでは、飲みさしのペットボトルをマイク代わりに、調子外れな声で歌うヒットソングの陽気な歌詞を、路上に響かせていたのだと思います。

そんな毎日を、二年ほど過ごしたでしょうか。十八歳になった私は、次第にこう思うようになっていきました。

「このままじゃいけない」

街で暮らす日々の中で、自分と同じような境遇にいる女の子たちが悲劇に見舞われるのを、私は何度も、何度も目撃してきました。

ゴム有りの約束だったはずが、いつのまにか避妊具を外されて、悔し涙と一緒に緊急避妊薬（アフピル）を飲み下した子。

誰（だれ）かもわからない相手の子供を妊娠し、堕胎した後もずっと、中絶後遺症（PAS）に苦しんで眠れぬ夜を過ごしている子。

「ダイエットの薬だから」なんていう売人の常套句（じょうとうく）にしてやられて、今となってはもう、落とせる贅肉（ぜいにく）の一欠片（ひとかけら）さえなくなってしまった子。

彼女たちの姿は、正しく私の可能性そのものでした。

明日は我が身、どころじゃない。今この瞬間に訪れるかもしれない悲劇に、私はやっとのことで危機感を覚え、やり直そうと心に決めたのです。

心機一転、私は裏オプからいっさい足を洗い、昼間のバイトの面接に向かいました。

でも、社会の現実は甘くありませんでした。

「高校を辞めた後、なにをしていたんですか？」

私は答えに詰まりました。まさか裏オプで稼いでました、なんて言えるはずもありません。適当に誤魔化せば(ごまか)いいものの、後ろめたさからしどろもどろになってしまった私は、結局、バイトの面接に落とされてしまいました。

いくら県内有数の進学校に入学できたとしても、退学していてはなんの意味もありません。私は「高校中退」というスティグマがどれほど重いものなのか、この一件で思い知ったのです。選り好み(えごの)しなければ働き口はあったでしょう。でもこの失敗で出鼻をくじかれ、すっかり気持ちが萎え(な)てしまった私は、昼間に仕事を探すことを諦め(あきら)てしまいました。

だからといって裏オプに戻るわけにはいかない。性風俗も同じ。やるとしたら水商売か。そこで私が選んだのが、抜きのない健全なサービスだけを提供する、店舗型のＪＫリフレでした。

結局私は、ＪＫビジネスから抜け出すことができず、再びこの世界に舞い戻ることになります。

そうして一年ほどの時間が過ぎ、十九歳となった今、私はある心境の変化から、この文章を書くに至っています。

ずっと、こういう身の上話を人に聞かせることに抵抗がありました。

それというのも、過去、ルポライターを名乗る男性からインタビューを受けたとき、こんなことを言われた経験があったからです。

「もっと不幸な境遇の子、知り合いにいない？」

もっと不幸な境遇の子。つまり、記事のネタとして使えそうな子を紹介してほしいと。

その言葉を聞いたとき、私は思いました。

――あぁ、私は真っ当な人生も送れなければ、悲劇のヒロインとしてすら失格なんだ。

――私の人生には、あらゆる意味で価値なんかないんだ。

恋愛やテストの点数に一喜一憂する、当たり前の青春からも落第すれば、人の不幸を見世物にする、貧困ポルノの記事にすらなれない。

そんな中途半端に過ぎる自分の人生に、ずっと劣等感を感じていたんです。

それなのになぜ、今になってこうして自分の過去を包み隠さず開示しているのかというと、他でもない私自身が、自分の人生に対してきちんと価値を見出すことができたからです。

結局のところ、他人の心ない言葉にいちいち傷つけられてしまうのは、まさにその他人から寄せられる評価の如何によって、自分の価値、人生の価値を決定していたからなのかもしれません。

人生における幸不幸の基準なんて、誰かに決められていいものじゃありませんよね。

私にそれを気付かせてくれたのは、ある人の存在でした。

その人は、私の後ろめたい過去を知った後に、こんな言葉をかけてくれました。


「これからだ」


なんでもない、ありふれた言葉です。

でもこの、なんでもない、ありふれた言葉こそ、私には必要だったんです。

たくさんの過ちを犯してきました。たくさんの挫折を経験してきました。

けどそういった苦い経験も、私の人生をまぎれもなく形作っている、大切な一部なんです。

後悔はしても、否定はしたくない。

だって私は、今日に至るまでのどんなときだって、私なりの必死さで生きてきたんだから。

そんな自分の生き方に、胸を張る勇気を与えてくれた、この言葉との出会い、この人との出会いに、私は感謝の気持ちを伝えたいです。

きっと人生には、報われるために必要な出会いが、人それぞれに用意されていると思います。

誰かとの出会いに限った話じゃありません。それはもしかしたら、何げなく見た一本の映画だったり、何げなく聞いた一曲の音楽だったり、何げなく読んだ一冊の小説だったりするかもしれません。

『誰かの物語を通して得られる気付き』――それがこのフリーペーパーの理念だと聞きました。

取り立てて幸福でも不幸でもない、中途半端でありふれた、それでも自分にしか語ることのできない私の物語が、誰かにとっての出会いになってくれたら嬉しいです。

それをひとえに願って、この不出来なエッセイの終わりにさせていただきます。

無我夢中でフリック入力していた手を止めて、ふと窓の外に目を向けると、いつのまにか夜が明けていた。

スマホの時刻表示で確かめてみれば、朝の五時に差しかかったあたり。そりゃあ空も白むわけだ。

「ふわぁ……」

思い出したようにやってきた眠気に大あくびをひとつ、私はテキストエディタアプリに書き殴ったエッセイもどきに一区切りつけて、最初から読み返してみることにした。

「……あはは……酷い内容」

とても他人様に見せられる文章じゃない。これはボツにして、落ち着いてからもう一度書き直した方が良さそうだ。

正気に戻った私は、データを消そうとして——やっぱり思い直し、『無題』とファイル名に付けて保存した。

そうすると、不思議な達成感があった。誰に見せたわけでも、誰に褒(ほ)められたわけでもないけど、なにか自分の中にあったモヤモヤが、すっかりとはいかないまでも、解消された感覚があった。

これが、千秋さんが言っていた、書くことで確かめられる気持ちってやつなんだろうか。

わからないけど、なんだか気持ちがそわそわしてしまい、私はじっとしていられなかった。

かった。

疲労困憊(ひろうこんぱい)の身を起こし、目的もなく部屋を出る。なのに不思議と、向かう先に迷いはなかった。

「……んごご……」

いびきをかいて眠りこける広巳さん。掛け布団を抱き枕(まくら)代わりにしてベッドに沈むその寝姿には、どこか滑稽(こっけい)な愛嬌(あいきょう)があって、自然と微笑(ほほえ)みが浮かんでしまう。

私はベッドの傍(かたわ)らまでゆっくり近づくと、床に直接女の子座りして、マットレスに体重を預けた。

同じ高さに目線を合わせて、至近距離から顔を覗(のぞ)き込む。一回り近くも年上の男性にこんなこと言ったら失礼かもだけど、可愛い寝顔だ。

「…………」

不思議だ。広巳さんの側にいると、どうして時間の流れをゆっくりに感じるんだろう。

たびたびやってくる〇・八倍速の時間に身を任せる中、やがてたゆたう思考が、気付いてみれば単純すぎる答えにたどり着く。

嚙(か)みしめているからだ。

他ならない私自身が、広巳さんと過ごす時間を、嚙みしめているからだ。

……広巳さんは、どうなんだろう。

広巳さんの中で、私と過ごす時間は、〇・八倍速で流れているのかな。

尋ねてみたいけど、わざわざ起こすのも忍びないし、ていうか単純に恥ずかしいので、私はその問いかけをそっと胸の奥にしまい込むことにした。

「ふわぁ……」

大あくびをまたひとつ、組んだ腕を枕代わりにして、私はベッドに突っ伏す。

カーテンの隙間(すきま)からは朝日がうっすらと差し込み、スズメたちがチュンチュンと一日の始まりを告げるけど、私はお構いなしに目をつむった。

いいじゃん。今からでも、遅くないでしょ。

だって私は、これからなんだから。

「……おやすみ」

私は眠る。

同じ屋根の下、同じ部屋の中、同じベッドの上で、
家族でもない、恋人でもない、赤の他人と一緒に。

心の底から、安心しきって。

「…………——」


——お母さんも、こんな気持ちだったのかな。

泥沼になった九条さんとの確執は、意外な――とも言えない――形で一件落着したので、後日談として軽く触れておく。

「ごめんなさい。僕が悪かったです」

休日に呼び出されてお店へ行ってみると、九条さんから深々と頭を下げられた。気持ち的には全然許せていなかったけど、私は追及しなかった。できなかった、と説明した方がしっくりくる。どれだけSっ気があると言っても、顔中にガーゼを貼った痛々しい姿に鞭を打てるほど、私も冷酷な人間じゃないから。

なんでも、真希が一部始終をマコっちゃんに報告したようで、その結果として九条さんは反省させられたらしい。

いくらなんでもやり過ぎな気もするけど――マコっちゃんはどこまでもシビアだった。

「おつかれ九条君。もう帰っていいよ。――それと、明日から来なくていいから」

謝罪させておきながらの、急なクビ宣告。九条さんは当然のように反論したけど——その後どうなったかは、みなさんのご想像にお任せするってことで。

「迷惑かけたな、あゆみ。後釜が見つかるまで、またしばらく俺が店回すからさ。安心して働いてくれな」

キャストを大事にするマコっちゃんの姿勢には、感謝の気持ちでいっぱいだった。

なのに私は、その恩を仇で返すことしかできなかった。

どういうことかというと、

「これも良い機会だし、リフレの仕事、辞めようと思うんだ」

決してサク女で働くことが嫌になったわけじゃない。ただ今回の一件を通して、私は思い知ったのだ。

このままJKリフレの仕事をずるずる続ける限り、自分はどこにも向かうことができない。過去を受け入れて、未来に向かうことはできないんだと。

私なりに腹をくって下した決断だった。――だけど結局、マコっちゃんに粘り強く説得されてしまい、とりあえず徐々にシフトを減らしながらフェードアウトしていく、という形で落ち着くことになった。

私としてもサク女には愛着があるし――それに、情けない話ではあるけど、先立つものはやっぱり必要だ。マコっちゃんもそこを心配し、念を押してくれた。

「収入的には問題ないのか？」

私はそれに、「大丈夫だよ」と迷いなく答えた。

その根拠とするところは――また別の後日談で触れられると思う。

+++ エピローグ +++

epilogue

店長になってから三年と少し、少なくない数の新人を教育してきた。

学生、フリーター、パートタイマー、シニア——覚えの早さは人それぞれだが、まったくの未経験者の場合、最低でも三日間はつきっきりで指導にあたるようにしている。

基本になるのは、やはりレジ業務だろう。しかし、各種電子マネーによる決済や、公共料金の払い込み、宅配便の受付など、業務内容は意外と煩雑で、ここでつまずく新人は割に多い。

中には「イメージしてたのと違った」と、バックれる輩も少数いるのだが——今回指導にあたっているこの新人に関しては、そんな心配一ミリも必要ないだろう。

「——ありがとうございましたぁ～。またお越し下さいませ～！」

むしろこの堂々とした接客態度を見ていると、いますぐ任せきっても大丈夫そうな、それほどの安定感を感じる。

実際、俺はそうすることにした。

「悪い。発注打ちたいから、しばらくレジ任せてもいいか」

「は～い」

「悪いな。なにかあったら呼んでくれ」

そう言って俺は、すぐ後ろにある事務所までそそくさと引っ込んだ。

業務用タブレットを充電クレードルから引き抜いて、ドカッと椅子に腰掛ける。別にレジに立ったままでも行える作業なのだが、ベストな発注をかけるためにも、できるだけ集中できる状況が欲しかった。

……というのは半分言い訳で、実際は気恥ずかしさから逃げる口実に使っただけだったり。

画面が立ち上がるのを待ちながら、俺は監視カメラのライブ映像越しに、その原因である新人の姿を窺い見る。

ビシッと一本芯が通ったような、姿勢の良い立ち姿。

愛嬌たっぷりで感じの良い、溌剌とした接客態度。

唯一新人らしい部分があるとすれば、袋詰め作業に少し手間取っているところぐらいか。

未経験者と言っていた割に、随分と頼もしい働きぶりだ。

しかしまぁ、これぐらいの仕事内容、本人にしたらどうってことないんだろう。

なにせ、ＪＫリフレという究極の接客業で鍛えられてきたのだから。コンビニバイト程度、お茶の子さいさいといった感じか。

期待の新人――明莉の働く姿を見守りながら、俺は改めて感慨に耽る。

先日の騒動をきっかけに、なにやら本人の中で心境の変化があったようで、明莉は突然、ＪＫリフレを辞めて昼間の仕事に戻ると言い出した。

しかし結局、桜田さんに引き留められてしまい、当分は昼間の仕事と掛け持ちしながら徐々にシフトを減らして段階的に辞めていく、という形に落ち着いたのだが――それはいい。

重要なのは、明莉が新たに始めることになった昼間のバイト先が、他でもない俺の店に決まったという点だ。

初めは本人も本気じゃなかったと思う。「広巳さんのお店で雇ってくださいよ～。時給三千円で♪」と、冗談交じりに言っていただけだった。

しかし俺は、それに対して首を縦に振ったのだ。もちろん時給は通常通りだが。

関係が周囲にバレるリスクを承知で、なぜ明莉を受け入れたのか。それはきっと、俺なりに明莉を応援したいという気持ちからだったと思う。

ナイトワーカーが昼の仕事に戻るというのは、傍から見ている以上に困難がつきまとうと聞く。

それまで後ろめたさを抱えながら生活してきた人間が、お天道様の下に堂々と身をさらすわけだから、相当の覚悟と勇気が必要になるんだろう。

その決断に、なんらかの形で応えたい——それが今回、俺が明莉の要望を受け入れるに至った、偽らざる本心だった。

「広巳さん、ちょっといいです？」

ぼ〜っと考えに耽っていたら、接客中だった明莉が不意に事務所のドアを開け、なにやら尋ねてきた。

見ると、その手には一枚のカードが握られている。

「クオカードでタバコって買えましたっけ？」

「いや、無理だな」

「そうなんだ。ありがと〜」

手短に要件を済まして、レジに戻っていく明莉。ライブ映像で見守っていると、お客さんに事情を説明した後、クオカードを返却し、代わりに紙幣を受け取っていた。

これで一件落着——と思いきや、レジを終わらせた明莉が、再び事務所に戻ってきた。

「へへ、ごめんね」

「あぁ……別に謝るようなことでもないけど」

どれだけ物覚えが良くても、新人であることに変わりはない。わからないことがあって当然だ。

「ううん、そうじゃなくて」

「？」

明莉は周りの目を気にするように視線を巡らせると、まるでひそひそ話でもするみたいに口許に手を当て、小さな声でこう言った。

「名前で呼んじゃったから」

「…………」

うちでバイトをするにあたって、明莉には「店では俺のことを店長と呼ぶように」と言い含めてある。もちろん、余計な疑いを避けるための配慮だ。

「秘密、バレちゃったら大変だもんね。ふふっ」

「…………」

……秘密、という言葉が、なんでかやたらと――背徳的に聞こえてしまう。

職場の事務所という場所柄がそうさせるのだろうか、そのなんでもない一言はより際立ち、改めて俺は、この関係が一方通行な「庇護」や「依存」などではなく、お互いが望んだ形での「共有」なのだということを自覚する。

端的に言うと――超恥ずかしかった。

「っ……気を付けろよ」

「は～い、てんちょ♪」

おどけるように言うと、明莉は店内にお客の姿がないのを良いことに、そのままテンション高めに絡んでくる。

「あ、発注ってその機械でやるんです？」

「あぁ」

「おもしろそ～！　やらせて！」

「バカ。新人にはまだ早いわ」

「いいじゃないですかちょっとぐらい～！」

積極的すぎるその姿勢に、俺は呆れと感心、半分半分で微笑んでしまう。

普通、発注なんて責任のかかる仕事、バイトはやりたがらないものだが。それを初日から挑戦しようだなんて、どれだけ意欲があるのやら。

「随分楽しそうだな……」

何げなく呟いただけの一言に、思わぬ勢いで答えが返ってきた。

「めっちゃ楽しいですよ～！　だって、昼の仕事なんてチョー久々ですもん！」

そうして明莉は、制服の裾をつまみ上げ、満面の笑みを浮かべながら、心底楽しそうに言うのだ。

「こうやって、ただ制服を着てるだけでも、テンションぶち上がっちゃいますよね！」

「……ははっ、なんだよそれ」

全身で喜びを表現するその姿に、俺はいよいよ大口開けて笑ってしまった。

ただ制服を着てるだけで嬉しいだなんて、大げさにもほどがあるだろう。

「あ、お客さんだ。――いらっしゃいませぇ～！」

来店チャイムに呼ばれて、明莉が売り場に戻っていく。

「…………」

途端に静かになった落差のせいか、俺は発注業務を進める傍ら、ふと物思いに耽ってしまう。

俺がやっていることは、本当に明莉のためになっているんだろうか？

ただ自己満足のために、施しを与えているだけじゃないのか？

もしも第三者からそう指摘されてしまったら、俺には「違う」と否定できるだけの自信はない。

ただその一方で、「その通りだ」と認められるほど卑屈にもなれない。

なぜなら、俺が明莉に与えているのと同時に、俺もまた、明莉から与えられている実感があるからだ。

その与えられているものの正体は、自分にもはっきりとはわからない。それは「充実」かもしれないし、「刺激」かもしれないし、「癒やし」かもしれない。

それでも確かに言えるのは、明莉の存在が――明莉と共に過ごす時間が、今の俺にとって絶対に必要だということだ。

きっと時間が癒やしてくれるはず——そう信じてここまで、あの夏の終わりから今日に至るまで、俺はひたすらに歩んできた。

その中で手に入れたもの、癒やされた部分は、確かにあるだろう。だがその一方で、傷と呼ぶのも生温い馬鹿でかい喪失感が、いまだ生々しさを保ったまま居座っているのも事実だ。

だからこそ俺はあのとき、明莉に気持ちを伝えようとしたあのときに、「だから」の続きを口にすることができず、代わりに涙を流してしまったのだと思う。

時間は確かに傷ついた人間を癒やしてくれる。でもそれは、ただ漫然と日々を過ごせばいいという話じゃない。

俗に「日にち薬」なんて呼ばれるものの効能を決定づけるのは、どれくらいの月日を過ごしたかではなく、月日をどのように過ごしたかにかかっているのかもしれない。

残すところ約十ヶ月。明莉が俺の下を離れていくまでの時間が、自分にとっての薬になってくれたら……そう願ってしまうのは、果たして自分本位な考えなのだろうか。

「………」

徐々に、だが確実に、移り変わりを見せていく俺たちの関係が、この先どんな結末を迎えるかはわからない。

それでもいつか。

誰に強制されたわけでもない、自分の意思ひとつで選んだこの選択は、きっといつか。

いつか絶対に、胸を張って振り返ることのできる里程標になってくれるはずだと、俺はそう確信している。

背負わされたんじゃない。

俺が、俺自身の意思で、背負ったのだ。

不確かなことばかりの中で、自分にだけわかるこの重さだけが、唯一確かなものだった。

——訂正。それとは別にもうひとつ、確かなことがあった。

それは、

「——ありがとうございましたぁ～！」

少し媚びを売りすぎな感じもする、どうにも聞き慣れないこの余所行き声が、耳慣れたものに変わる日はそう遠くないということだ。

あとがき

ご無沙汰しております！　神田（かんだ）でございます。

デビュー作である第一巻の発売から早四ヶ月、こうして無事に二巻をお届けすることができて、ひとまずホッとしております。

小説を続き物として書いたのは、今回が初めての経験だったのですが、改めて物語をシリーズとして展開することの難しさを思い知った次第です。もう迂闊に「マトリックスは一作目こそ至高ッ！」とか言えません……。

ともあれ『ただ制服を着てるだけ』第二巻、いかがだったでしょうか。一巻に比べたらマイルドというか、多少はラブコメらしくなったかなぁと作者なりに思っているのですが。……異論は全く認めます。

ラノベとしてもラブコメとしても、色々とらしくないのは重々承知の上ですが、そのらしくなさをなくしてしまったら、この作品に値段をつける価値はないとも思うので、どうかお一つ、ご理解いただけたらと思います。

それでは以下、謝辞でございます。

前担当の姫野氏。転職されると聞いたときは、全く寝耳に水でした……。ともあれ、一年間という短い期間でしたが、ここまでありがとうございました。「編集者としての最後の仕事がこの作品でよかった」と言ってもらえて、本当に嬉しかったです。新天地での活躍をお祈りしています。

担当の佐藤氏。一巻から引き続き、大変お世話になりました。これからは二人三脚になるわけですが、どうかお手柔らかにお願い致します。

イラストの40原先生。相も変わらず素晴らしいイラストの数々、ありがとうございました。個人的な感想を言わせてもらえれば、今回は特に、トマトを強要するヒロインの邪悪な表情が出色でございました。あの顔が見たかった……。

最後に、本書をお手にとって下さった読者の皆様。誠にありがとうございました。どうでしょう、本書はあなた様にとって、『出会い』と呼べる読書体験を与えることができたでしょうか。全く大げさな話ですが、なにぶん私自身がそういう体験によって救われてきた人間なもので、自分が作る作品もできればそうであって欲しいと、これは生意気を覚悟で願わずにはいられないのです。

それでは今回はこのあたりで。さようなら！

ファンレター、作品の
ご感想をお待ちしています

〈あて先〉

〒106－0032
東京都港区六本木2－4－5
SBクリエイティブ（株）
GA文庫編集部 気付

「神田暁一郎先生」係
「40原先生」係

本書に関するご意見・ご感想は
右のQRコードよりお寄せください。

※アクセスの際や登録時に発生する通信費等はご負担ください。

https://ga.sbcr.jp/

ただ制服を着てるだけ 2

発　行　　2021年11月30日 初版第一刷発行
著　者　　神田暁一郎
発行人　　小川　淳

発行所　　SBクリエイティブ株式会社
〒106-0032
東京都港区六本木2-4-5
電話　03-5549-1201
　　　03-5549-1167(編集)

装　丁　　AFTERGLOW

印刷・製本　中央精版印刷株式会社

ISBN978-4-8156-1178-1
Printed in Japan　　GA文庫

試読版は
こちら!

試読版は
こちら!

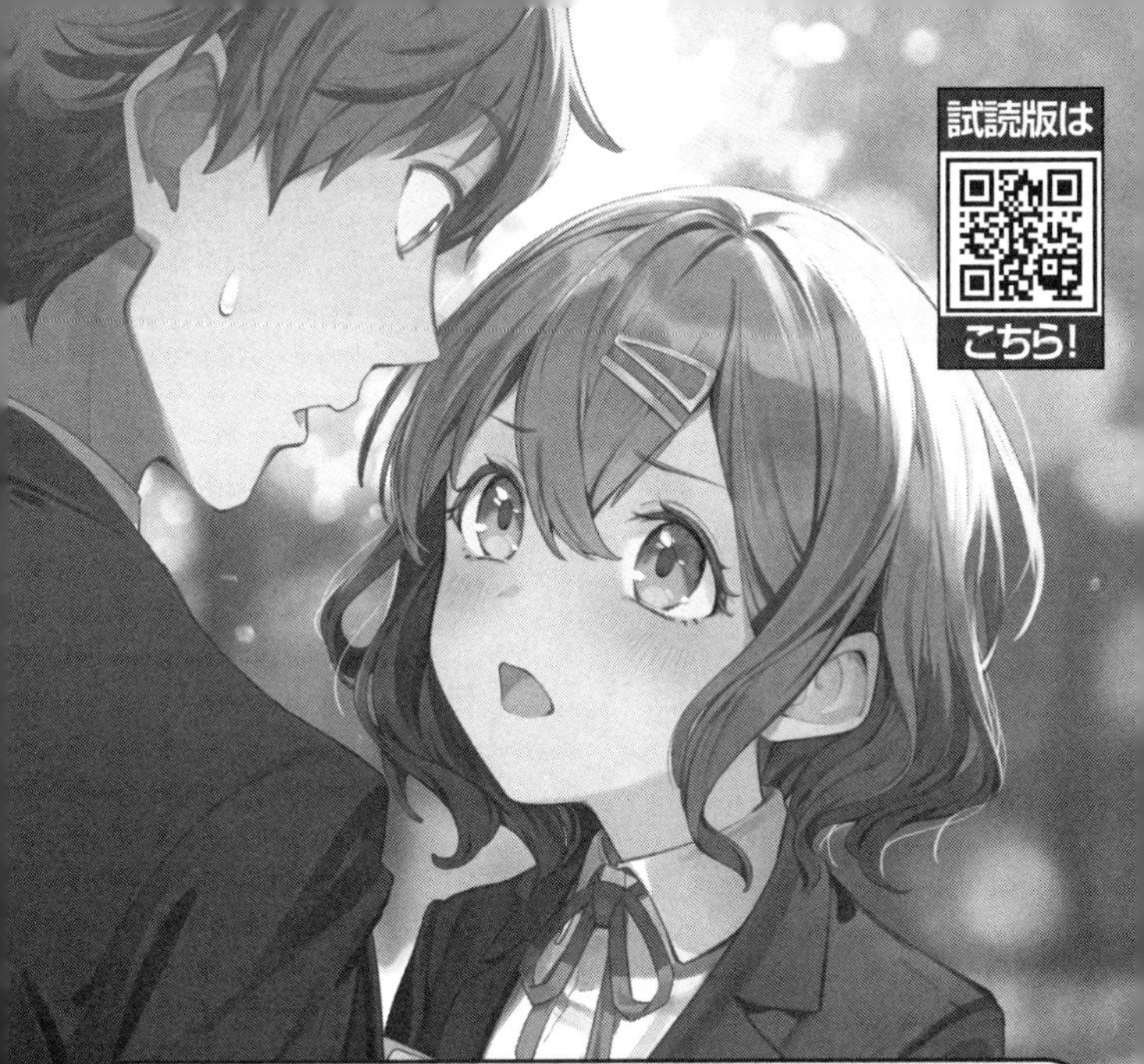
試読版は
こちら!

試読版は
こちら!